海と兵隊
悲しき兵隊

目　次

海と兵隊——広東進軍抄　5
悲しき兵隊——傷痍軍人たちの戦後　131
解　説——社会批評社編集部　198

【註】

本書の底本は、火野葦平兵隊小説文庫『悲しき兵隊』(光人社)である。同書の中に「海と兵隊」は、「広東進軍抄」として収められているが、本書は原題の「海と兵隊」(1938～39年毎日新聞夕刊連載)に書名を戻し、合わせて「悲しき兵隊」を原題のまま収めた。

なお、本書には、今日からみると不適切とみられる表現が多々あるが、時代的な制約を勘案し、原作者の意思を尊重して原文のまま掲載した。

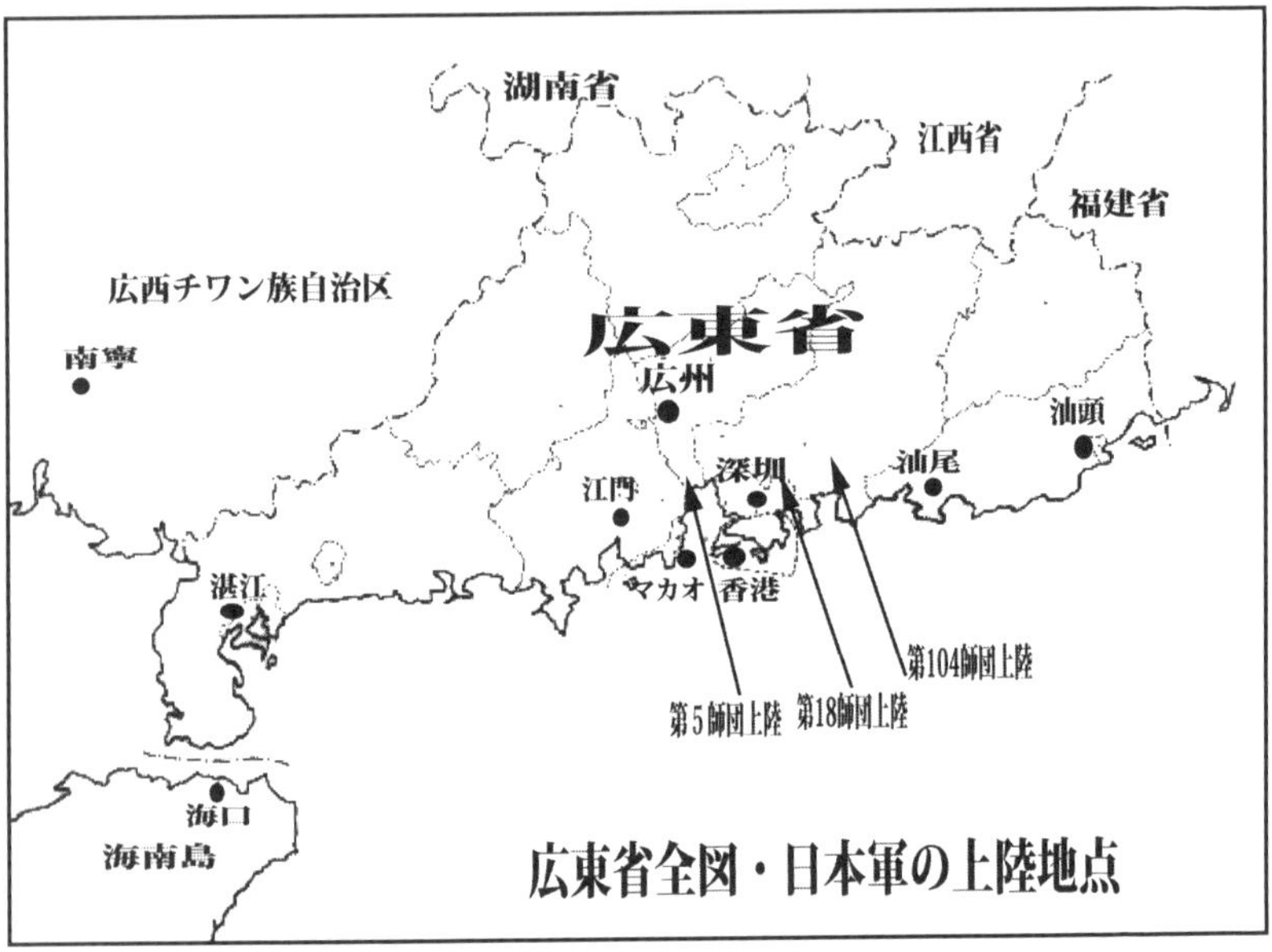

広東省全図・日本軍の上陸地点

海と兵隊

——広東進軍抄

十月〇日

黄濁した海水が、次第に青味を帯び、青味をふかめてくると、次第に暑さが増してきた。次第に波のうねりがはげしく、次第に船が揺れはじめ、次第に兵隊が閉口しはじめた。びょうびょうと水平線ばかりの海洋を進航してゆく数百隻の商船団と、軍艦とに平行して、渡り鳥が海洋を飛んでいった。それは雀か燕のような小さい鳥で、五、六羽ずつ列をなし、高く飛び上がったり、低く波とすれすれに下がったりして、はなはだ頼りない飛び方に見えるのだが、私はその鳥類の意志に驚いたのである。ときどき羽を休めるように、マストに来て止まったり、電線に降りたりするが、めったには小休止もせず、ヒラヒラと風の中のごみのように見えるものがはてしなきびょうびょうたる海原を渡っていく。その鳥の姿を見るたびに、私たちは無意識のごとく、海の涯《はて》に瞳を投げる。しかし、それには、何度ながめても、われわれを取り巻く円形の水平線と空と、時には様々の形をした雲のほかには、島の影などは、まったく見当たらなかった。われわれは、これを小島のために島影を求めてやる気持のように思った。

けれども、それはもとよりわれわれ兵隊自身の気持にほかならなかったのである。晴れていた空は、ときおり現われた雲に、みるみる被《おお》われるかと思うと、パラパラと驟雨《しゅうう》を投げ、またスーッと晴れる。兵隊は甲板の上にゴロゴロしているが、出帆以来、船の揺れるのに少し辟易しはじめたようである。すでに少し酔い加減のものもいる。兵隊は顔見合わせて渋面《しぶづら》をつくり、「河童の陸上《おか》がりも困るが、狸の川下りもえすこにないばい」などと、ムクムクと吐き気をもよおしてくるたびに、生唾を海の中にはきながら、話している。

船底にいると、余計気分が悪いので、海の見えるところに皆が上がってきて、陣取っている。

そのくせ、船員は、

「こんな凪《なぎ》の航海は珍しいですよ」などというのである。前甲板の上に軍用犬の箱が三つと、伝書鳩の箱が二つおいてある。箱から出されている軍用犬は、何種なのか知らないが、船が揺れて、舳《へさき》を波の中に突っ込み、飛沫が花のように乱れて甲板に上り、雨のような音を立てるたびに、吠え立てる。狭い金網の張った車の箱にいる数十羽の鳩は、落ちつかないように、くうくう鳴きながら、雨の中を右往左往している。飯島部隊の藤井通訳が、

「鳩というものはえらいものですよ。これは上海で訓練したのですが、出発までには呉淞《ウースン》から飯田桟橋まで、たった三十分で往復しましたよ」

という。鳩の足につけられた指輪のような金輪が光っている。

軍用犬についても、いろいろと説明してくれた。私はそれを聞きながら、甲板のてすりをつかみ、じつは昨夜からあまり船が揺れるので、少し頭が痛かったのである。部隊長ならびに参謀部の人たちに挨拶をしに、新聞記者といっしょにサロンに行く。○○部隊長が明快な口調で、

「御苦労さんです。昭和の山田長政の働きを一つ大いに見て下さい」

といわれた。いろいろ雑談の末、野原大尉が、今度の広東の攻略について、若干予備知識をあたえておきたいといい、地図を拡げ、参考書類などによって、大要つぎのごとき話があった。

「蔣介石は、漢口死守の決心をもって、百万の大軍を動かし、全力を挙げて武漢三鎮防備に当たっ

ている。しかしながら、かれ自身も、すでに武漢陥落後の、かれ自身の保衛法について考慮している向きが感ぜられる。すなわち統帥の中心や、通信の中心を、逐次、南方へ移転することを計画し、また武漢保衛軍中より中央直系軍二十個師を日本軍の包囲圏から抜け出さすべくつとめ、軍事根拠地を湖南省へ移して相当大きな機動戦によって長期抗戦に備えんとしているもののごとくである。いろいろな意味で、いまは広東攻略の好機だ。福建軍、広東軍などいろいろあるが、われわれが当面に衝突するのは、余漢謀の率いる第四戦区の第四路軍である。これは精鋭と謳われた広東軍で、あるいは壮烈な決戦があるかも知れない。いったい、余漢謀という男は、保定の軍官学校を出てはいるか、大した人物ではなく、むしろ陳という参謀が相当の奴らしく思われる。彼はまだ四十歳に満たぬ少壮気鋭の純粋の広東人で、日本陸軍大学十一期卒業生、現在は機械化部隊である独立第二十旅長をしているが、もともと藍衣社《らんい》の首領であった経歴を持ち、権謀術数にはなはだたくみで、広東軍全体の実権は、まったく彼の手中にあり、また保安隊というのが多く、これにも注意を要する。上陸正面の敵情は不明だが、相当の堅固なる防備堡塁、トーチカなどがある模様である」

野原大尉は、なお必要な数字などを説明した後、

「まずこれくらいあれば、ほぼ今度の戦争の外郭がわかるだろう。むろんそれはたったいまの状態ではないが、まずこれに依拠して大差ないものと思ってよい。なぜ広東を討たなければならぬか、広東攻略の軍事的、政治的、経済的意義などというものは、説明する方がおかしかろう。終わりに、広東人の性格といったようなものを、参考までに申し述べると、これは日本人と非常

によく似ているといわれている。自尊心が強く、広東民族は他民族よりも優秀なりと信じている。たとえば、北京官話《ペキンかんわ》をいくら奨励しても普及せず、あくまで広東語を使っている。旅館のボーイや売笑婦なども広東人はほとんどいないといわれている。激しやすく、付和雷同性が強く、喧嘩などはまことに残酷な大がかりなものをやる。排外意識強く、一度怒らせたら、後に宣撫工作など焼け石に水で取り扱いにくい。民団の活動なども、この意味で警戒の必要がある。自尊心を傷つけたりすると、集団的反抗を受けるおそれがある。それから、諸君は、なによりも女に気をつけたがよろしい。広東女は非常に手練手管《てれんてくだ》に長じている。スパイが多く、これは女には限らぬが、癩病《らいびょう》が多い。広東人の間には百人の異性に接すれば癩病は癒るという迷信がある」

「それは危ない」

と記者諸君は愕然と色青ざめた。それから、わが方側の上陸作戦計画の概要を説明し、野原大尉は、

「以上のことは、多少機密にわたることもあったが、諸君の心構えとして少しく詳細に述べた。盲滅法《めくらめっぽう》に従軍してもなにもならないと思ったからだ。むろん発表や口外は禁止だ。諸君の常識にまつ」

と結んだ。野原大尉は美しい頰を心持ち紅潮させ、話ぶりは聡明を思わせて、きわめて明快直截であった。

一と息入れてウイスキーを抜くと、

「そのほうなら、おれもたかるぞ」

と小藤大佐と水野中佐も卓子《テーブル》に加わった。小藤大佐は重厚な唇を開き、

「これは永いあいだ懸案となっていた作戦が、いよいよ決行されたもので、われわれとしては、一年間以上も案を練ったものだ」

と確信あるもののごとくいった。

われわれは礼を述べてサロンを出た。船がゆれるので歩くのによちよちである。

十月○日

船に酔って、兵隊が勤務につくものがさっぱりおらん、と甲板で話している。甲板には、両舷とも兵隊がずらりと並び、手すりにつかまって、ゲエゲエと青い海のなかにいろんなものを吐いている。出て来るものは、ビフテキや、鮪《まぐろ》の刺身や、鯛ではない、芋と千切大根と梅干ばかりである。おしまいには吐き出すものがなくなり、彼らは苦しそうに、生唾ばかり、腹立たしそうに海に向かって吐き捨てながら、顔を見合わせ、「しょうがねえなあ」と泣くような、笑うような顔をする。驟雨が叩きつけるごとく過ぎ、今日も、ほこりのごとくびょうびょうたる海上を渡って行く鳥がある。美しい虹が海に立った。鮮やかな七色に輝きながら二重の輪になって、水平線の向こうにではなく、すぐ目の前の海から、その幻影のような両脚を立て、巨大な勲章のように聳《そび》えた。

私は茫然としてその美しい虹に見とれたが、やがて、次第に消えてゆく虹の間から、水銀の潮を吹きあげる一頭の鯨が泳ぎ出した。次第に暑さが増してくるとともに、兵隊は次第に行儀が悪

くなった。

われわれの船は、紛《まご》う方もなく、熱帯の太陽の下に出て来たのである。兵隊はほとんどみな裸体になった。私も、この長い夏に辟易した。五月には、徐州の、油を炒《い》るような強烈な太陽の下にあった。九月になって、上海のたまらない暑さから、やっと逃れて、一と息入れようと思う矢先に、またもわれわれの部隊は、真夏の○○海峡を越える。われわれの新しい戦場である。

広東は、いまはもちろん、十一月の終わりから、ときには、十二月までも暑いというのである。

水平線上に島影が見えはじめた。たった一隻だけ、海洋を航海していたわれわれの船の周囲に、いつの間にか、どこからともなく、一隻、二隻、三隻と同じように、兵隊を満載した船が現われ、やがて左手の水平線上に、藍青色に聳える山脈の姿が見えはじめたときに、われわれの船はいくつかの扁平な島によってかこまれた海上に錨を投じた。

われわれは集結地点に到着したのだ。島は断崖のごとく切り立ち、波が凄まじい白い飛沫をあげて散っている。多くの軍艦と、赭《あか》土の島にある石の家と、無電台の塔とが見られた。海軍の飛行機が、しきりに何台も上空を飛んでいる。

十月○日
船は極度に水の節約をしているが、船員は綱の先に目盛りのついた鉄棒を、清水タンクに入れて測っている。
「ありゃ、もう九インチしかないぞ。いままで通り使ったら、一週間はもたない。兵隊さん、もっと倹約してもらわにゃあきまへん」

という。倹約もなにもない。兵隊は、「いままで通り」といったところで、水筒に一パイである。その一パイの水で顔も洗い、からだも洗い、飲みもする。一本の水筒では、どんなにしても、飲料水と洗面場と風呂の三役はしない。それも、毎日、確実に一パイずつはわたらない。兵隊は水がないと同じである。洗面場にも、水タンクにも、

「清水節約国のため」

「行水洗濯禁止」

「海は塩水、船は鉄、鉄から清水は湧いて出ぬ」

などの貼紙がしてある。広東に上陸してからの注意があった。

「生水は絶対に飲むことはならぬ。どうしても飲まねばならぬときは、給与した浄水剤を調合し、しかるのち服用せよ。コレラや赤痢が非常に多い。癩病に注意せよ。毒蛇、毒虫がたくさんいる。中にも蝎《さそり》は命をとるのがいる。蚊に喰われないようにせよ。猛烈なマラリア病原菌を所持している。デング熱も多い」

これはわれわれは大変なところへ出かけるものである。さよりのような、無数の小さい魚が泳いでいる。甲板の上から糸を垂れて釣った兵隊がいる。なかなか釣れない。用のない兵隊が集まって、これを見物している。

「喰わないね。喰わないね」

と思い出したように話をしている。今日、船は動かない。

十月〇日

真っ青な海に、船が浮いているのを、ぼんやり見ているうちに、ふと、ずっと以前に見た夢を思い出した。

水面から、ずっと下の海の中を、私は泳いでいる。海底に枝の繁った樹が何本も生え、その先が海面に出ている。私はときおり、魚のように海面に姿を出し、その樹へ泳ぎ渡る。夢の中の幻燈の青さにも似た海の色と、いま眼の前にある熱帯の海の色とまったく同じだ。小刻みな波の形さえ同じだ。浮かんでいる多くの船が海面に出た。夢の樹木の先端のように見えた。しばらく私はそういう幻想のなかに、戦争を忘れてしまっていた。

「ああ、バナナの香《にお》いがするぞ」

と不意に私の横で声がした。

「うん、するする」

と、もう一人の兵隊がいった。もちろん、そんな香いなんかしはしない。

私は、最初にいった兵隊の顔をおぼえている。痩せぎすの、背の高い髭武者で、私はその兵隊を上海呉淞路の薬店で見たことがある。私は、報道部の児島博君と街を散歩しているときに、どうにもはげしい歯痛にたまりかねて、アスピリンを買うために、薬店に駆け込んだ。すると、私の横で、薬を買っている上等兵がいた。彼は生来の胃弱らしく、ジアスターゼを買っていたが、薬店の主人が、

「何日分差し上げますか」

というのに、しきりに何か考えていた。

「四週間分ほどあげましょうか」

と主人が待ちくたびれたようにいった。

「いや」

と急に思い出したように、上等兵は、

「さあ、四週間も命があるかな。三週間か二週間分くらいでよかろたい」

と、そういって、ポケットから銀貨を出して、台の上においた。

「前線ですか」

と主人がたずねた。

「せっかく一年間、どうやら生き延びたけん。が、今度はおしまいでしょうな」

といって、

「調子の悪かとは困るもんな」

と兵隊は答え、なにか頓狂な声を出して笑った。私はなぜかひやりとして、その兵隊の顔を見た。バナナの香いを嗅ぎだしたのは、その兵隊である。二人の兵隊は、なにかすばらしい話題でも発見したようにバナナの話ばかりをしはじめた。私は、しまいにはよくもこんなにバナナのことばかり話すものだと思い、あきれた。

ジアスターゼ上等兵が、

「しかし、バナナをあんまり食べすぎると、俺の持病にはさっそく祟《たた》りが来るからな」

といったところで、やっと汗牛充棟《かんぎゅうじゅうとう》もただならぬ、博識なるバナナ物語りが終わった。きょうも船は動かない。

十月○日

暑いので、甲板に出ている。後ろから背をたたかれて、振り返り驚いた。真島君と日比尾さんが、真っ裸でひっついていた。二人とも、福岡県若松警察署員である。在郷中、非常に親しくしていた。私が召集を受けた一週間ばかり前に、真島君は召集を受け、○○○の○隊に入隊した。私は若松駅まで送って行き、一口《ふり》の日本刀を餞別に贈った。私もあいついで召集を受け、それから一年以上も会わなかった。戦地で何回もたずねて見たがわからず、北支に行ったという話なども聞いていたので、真島君もずいぶん探したそうだ。

「いま、下でそう聞いたので、飯を食べかけにして飛んできた」

という。

私たちは、しっかりと手を握り合った。お互いの無事を祝した。黒々と陽に焦げ、逞しい筋骨の盛り上がりが、懐かしく見られた。

「変わったなあ」

と私はいった。

「あんたも変わった」

と友人はいった。しかし、どちらもよくいままで生きていたという感懐とともに、いま再会の場所というのが、まだ死生のほども知れぬ戦闘の予想される、戦場に向かいつつあるときであることが、お互いの心を濡らした。彼は、現在、神谷工兵部隊に属している。神谷部隊は今度の敵前上陸の揚陸作業にあたるものだ。

「気をつけて行こう。僕は指揮艇に乗って、第一回の上陸をやる。あんたは僕の舟艇に乗って行かぬか」

と真島伍長はいった。

「なるたけそうしよう」

私は答えた。それからしばらく、われわれはお互いの一年間の戦場の話をした。北支から揚子江遡江作戦に従ったこと、黄河氾濫に出遭って、開封におったこと、上海のこと、つぎからつぎに彼の話題は尽きなかった。私も別れて以来の話などをした。しかし、何ヵ月か前、彼らが一度◯◯に寄港し、短い期間ではあったが、内地の山河を眺め、故国の人々と面会することを得たという話は、この上もなく、たとえようもなく、私を口惜《くや》しがらせた。私は、一ヵ年という歳月ははなはだ短い期間ではないということを、いまさらのごとく、しみじみと感じた。

「ああ、飯が食べかけだった。同じ船だ。いつでもゆっくり話せる」

と、慌てたように、二人とも甲板から鉄索を伝い、こそこそと暗くて臭い船底へ降りていった。島に行った発動艇は、◯◯人の通訳を数十人つんで帰って来た。

われわれは言葉も通じないところに行くのだ、という思いが、故国をいかにも遠く離れてきた、という感を深くした。夜、上甲板に出ると、明るい月夜である。船底の兵営よりも、はるかに涼しいので、ところ狭きまでに兵隊が寝ころんでいる。われわれも、毛布をかぶって寝ころぶ。私の上に落ちてくるように輝ききらめく十三夜の月が仰がれた。横で、報知の神原君と事務長とが、低い声でボソボソとなにかを話している。

「航海をしていますとな、面白い拾い物がありますよ」

と事務長が話しはじめる。拾い物というのは、女のことらしい。聞き上手の神原君が、しきりに相槌を打って、その道にかけては相当の達者らしい事務長は、興に乗じ、しきりに拾いものの話をする。私はそのような話にはまるで興味がないばかりか、われわれが死の戦場に向かっているという思いが、そのような話を耳にすると、いっそうつのってきて、なにかしら腹立たしいような気も起こってくるのを、抑えることができなかった。今日も船は動かない。

十月○日

美しい朝である。船に乗って以来、私はかつて知らぬ海と空と、太陽と雲、その美しさに堪能した。これらのたぐいなく変化する自然の美しさは、確かに熱帯特有の空気の仕業だと思われる。それは毎日異なった面貌を呈し、兵隊たちを驚かせた。私は一年間を暮らした戦場で、こんなにも自然に対して驚く兵隊を見たのははじめてである。私の隊の兵隊は、戦場では自然に対してはまったく眼がなかった。

「鶏が三羽いるぞ」とか「すばらしく肥えた豚がいるぞ」とかいえば、少々疲れておってもたちまち燦然と目を輝かし、立ち上がり、獲物に向かって殺到していった。

「美しい雲が出ている」とか「きれいな花が咲いている」といっても、食用にならぬものに対しては、返事もしなかった。もちろん、凄惨な戦場で無意識のうちに、兵隊が自然の風物から慰められたことは並々ならぬものではあったが、しかし、彼らはいままでは、いまこの海上にあるような様子にはけっして騒がなかった。

このごろでは、真っ青な空に、白銀に輝き光るいろいろな形の雲が表われたり、風のために見るまにその形を変えたり、朝明け、夕焼けに照り映える空と、海と、さまざまの色をちらつかせて、うねり伝わってゆく波の姿などに、兵隊はわざわざ船底から這い出てきて眺め入るようになった。

「竜の昇天雲だ」

とだれかがいうと、どやどやと兵隊が集まり、その指の先に視線を集めた。二、三人の色の黒い、ごつい兵隊が、膝を抱えてのんきそうに議論をしている。

「この海の色は何という色かな」

「青だよ」

「青はわかっているよ。藍青《らんじょう》というのだろう」

「群青《ぐんじょう》色さ」

「紺青《こんじょう》色というのじゃないかな」

「緑だ」

「青緑だと俺は思う」

「なんというのかな。日本画の絵具のような重味のある色だよ」

「そりゃそうとも。目方はずいぶんあるで」
船のまわりには、そういう色の波が重厚なうねりを立てて、島に押し寄せ、凄まじい飛沫をあげている。折り返した波が、波打ち際で、びいどろの青さに、しばらくの間、さまよっては消えてしまう。

夜、月明かりの海上で舟艇の訓練が行なわれた。海上を眺めていると、月にかすんで、一面に穏やかな湖水のようであるが、舟艇がタラップについて、武装した兵隊がつぎつぎに移乗しているのを見ると、海上はたいへんな波である。タラップから舟艇は遠くへ離れ、ツト着いたと思ったら、激しい音を立ててぶっつかる。兵隊は乗り移るのにたいへんな苦労をしている。船に挾まれそうになったり、海に落ちそうになったり、見ていてハラハラする。やっと、みな、乗り移ると、爽快なエンジンの音を立てて、何隻も白い煙を残し、集結地へ去ってしまった。黒く浮いている軍艦や汽船の帆柱に、またたきするようにピカリピカリと信号がとりかわされている。今日も船は動かない。

十月○日
朝焼けの雲を黄金色の幾筋もの光線が、突きぬけて走っている。降りそそぎ溢れている。黄金の光のうちに、真っ青に、台湾の連山がくっきりと浮き出していたが、太陽の昇るにつれて、雲が散り、真っ青の空の中に溶けるように消えてしまった。
「これはちょっと、くさります」

と兵隊がいって私に認識票を見せる。「船《せん》◯一四一」とある意味がわからず、私がたずねると、その柔和そうな兵隊は、

「私たちは船舶◯◯◯隊なのです。そこで、船◯なんですが、『線香一本の死の一番』――船◯一四一――なんてのは、ちょいと嫌ですよ。いずれにしろ、極楽行の切符だ、だからどうでもいいようなもんだけど」

といって苦笑する。この石田部隊は◯◯で編成されたらしく、非常な厳格な隊長がおって、ときどきいろいろな教育を実施している。御用船には、船尾と舳《へさき》に、高射砲を据え、高射機関銃も準備されてある。いつか、隊長が、「われわれは、船上が戦場なのだから、みなは軍規厳正にして勤務しなければいけない」といっていたから、航海中の警戒に任ずるもので、上陸はしないらしい。

この部隊に中村上等兵という非常に器用に絵を描く男がいて、

「殺風景な野郎どもばかりで色気がないから、これで間に合わせなさい」

といって、銀杏返《いちょうがえ》しに結った美人画を描いてきて、われわれの壁に貼った。私は食堂の狭い部屋に、各社の新聞記者六人と雑居しているのである。

いよいよ船は、広東攻略のために、錨を抜いて出港することになった。十一時四十分、東方遥拝式、甲板に整列する。海軍軍令部の佐藤少佐が、

「南洋や蔣介石の方を向いてお辞儀をせんようにせんといかん、皇居はこちらの方角だ」

と、正確な方向を指示する。遥拝式の後、◯◯部隊長の発声によって、天皇陛下万歳を三唱す

る。それから部隊長は、われわれの方に向きなおった。

「いまにおよんで何もいうことはない、この開闢《かいびゃく》以来の大作戦は、いよいよ十二日未明を期して決行される。日ごろの鍛錬の力をあらわす時が来た。命はなきものと覚悟しておれ。その決死の身がよく大業を成就し得る唯一の力である。ただ君国を思い部隊長を信頼せよ」

その声はたとえようのない重みをもって、私たちの胸を圧した。

上甲板に上がる。今朝から風がなく、多くの船の煙が棒のようにまっすぐに昇っている。甲板の上に腹ばいになったり、ボートに腰をおろしたりして、兵隊は一生懸命に手紙を書いている。

「班長殿、手紙は一通だけですか」

と、鉛筆をなめながら聞いている。

「なんぼでもええわ、好きなほど書けや」

と顎髭のある軍曹が答え、自らもしきりに万年筆を動かしている。急に下で、なにか大きな声がするので、ふり向くと、「軍艦○○に対して敬礼」と怒鳴っている。秩父宮殿下が御乗艦しておられるのだ。みな船の上で直立不動の姿勢になる。軍艦○○は多くの汽船の間を縫ってへんぽんと軍艦旗を翻《ひるがえ》し、通過した。午後○時抜錨、船は動き出した。

島の影が次第に遠ざかり、われわれの船団は、ふたたび水平線ばかりにかこまれた海洋に出た。軍艦に先導され、三列になった数百の御用船は黒煙を上げて進んでゆく。強烈な太陽の照りつける下を、海の涯《はて》に入道のごとく屹立した雲の峰に向かって進んでゆく。

私は、いま船の両側に分かれ去る波の音を聞きながら多少の感慨がある。それは私が故国の人たちの旗の波に送られて、故国の港を去ったのが、やはり去年の十月○日であったからだ。それは、私だけではない。この船にのっている兵隊が、ことごとくそうであったのだ。それから去年、杭州湾に敵前上陸をするために、進航を開始したときも、今度と同じような状態であった。

私は、そこはかとなく、一年前のことを思い出す。私はそのときのことを、『土と兵隊』という文章の中で書いたが、いまこの熱帯の海上を、広東攻略のために進航してゆく兵隊は、そのときと同じ兵隊である。そうして、なにもかもが同じである。あのときと同じように、涯しない海の上を無数の兵隊を満載した輸送船隊が進み、軍艦が護衛している。兵隊のためには中甲板を何段にも仕切って頭のつかえそうな狭い兵営と、腹具合のおかしくなる粗末なご馳走と、ろくすっぽ飲むこともできない飲料水とがある。馬のためには、陽の目のささぬ船底にもうけられた暗い窮屈な馬欄がある。

所狭きまでに積み込まれたさまざまの荷物と、いかに片づけようとしても、どうしても片づかない塵芥の混乱とがある。一年前と同じように、廐《うまや》から発散する鼻をつく臭さと、○○人に近い人間の、日夜排泄する糞尿のにおいと、船体のもつ異様なにおいと、なにかの腐敗した香気と、その他いろいろなもののまじった名状しがたいむっとする臭気がある。それから一年前と同じように、行儀の悪い勇壮なる兵隊たちが真っ裸になり、甲板や兵営でやもりのようにゴロゴロしている。それらはなにひとつとして一年前と違っているものはないように見える。

しかし、じつは、私は、あまりに違っていることに先刻から感慨を禁じ得ずにいるのである。それはそこらにゴロゴロと転がっている兵隊である。これは一年前に杭州湾に出かけていった同じ兵隊でありながら、いまここにいる兵隊とまったく同じではない。これはまったく違っているようにさえ見える。私はその理由をここで述べる必要があるであろうか。

一年間の戦場の生活が兵隊をこんなに変えてしまった。彼らは見違えるばかり逞しくなった。いま目の前に、ふてぶてしくゴロ寝をしている兵隊、他愛もなく冗談口を叩きながらゲラゲラ笑っている兵隊、一心に講談本や古雑誌に読み耽《ふけ》っている兵隊、碁や将棋をさしている兵隊、こういう兵隊を見ていると、私は、この船が凄惨な水際戦闘が行なわれるかも知れない敵前上陸のために進航しているのだという厳粛なる事実を、ふっと見失い、悲壮になる。一年前には、不安に充たされた、もっと深刻な表情があった。そんなものはどこにも見当たらない。しかし私は、その無造作な兵隊たちの投げやりな表情の中に、いっそう恐ろしいまでに、悲壮な感情に触れ、胸が痛くてならなかったのである。

夜とともに、中秋の名月が皎々《こうこう》と海上を照らした。私たちは上甲板に坐り込んで、月見の宴を張った。甲板は、今夜も兵隊で満員だ。ハーモニカを吹いている兵隊がある。私たちは、すこしばかりの酒によい気持になり、月をさかなに低唱をしたり、俳句をひねりまわしたりした。私たちは、みな、今宵は激しい郷愁から逃れることができなかった。私たちは、子供のように歌った。私は、今夜ほど月の美しさを、心から感じたことはない。私は毛布を甲板に敷いて、私の身体の隅々まで沁み込むように落ちてくる美しい満月の中で私は寝た。

十月〇日

まっすぐに並んでいた汽船が、ときどき、めいめい勝手な方角を向いて走り出す。ジグザグになる船は止まって横を向くのだ。船団全体の速力が、〇マイルに統一されているので、どうしてもそんなに速力を落とせない船がある。落とせば機関に故障がおこる。しかたがないので、ときどき、横を向いたり、斜めに走ったりして、またもとの列にかえる。鷺のような白い鳥が飛んでゆく。

「鶴だろう」

とだれかいっている。波間を、ときどき飛魚が線を引くように飛び、船は少しは揺れるが、兵隊も馴れたので平気な顔をしている。暑さはますます厳しくなる。船員はいつの間にか、白服に着換えている。蠅がじつに多い。

私が神原君と碁を打っていると従軍僧が、「形勢はどうですかな」といって入ってきた。この船には従軍僧が三人乗っていた。その中の一人が、あるとき、

「兵隊さんたちは、生死の巷にあって動じないために、少し私たちの宗教的な話を聞くとええのにな。そういう話を聞くと、落ち着きが増すのにな」

と述懐しているのを聞いた。退屈なので、私たちは暑さに流れる汗を拭き拭き夕方まで碁を打った。夜、燈火管制をした。暗いあかりの下で、船室にあった表紙のちぎれた古雑誌をめくっていると、私は一枚の口絵写真に目をとめた。それは小さい女の子と、男の子が、柿をとっている絵である。男の子は、小さな子に、四つ五つはみ出しそうになる柿を胸に押しつけて抱え、姉らし

い女の子が背のびして柿に両手をさし延べて、こぼれるような微笑をたたえている。柿の木には赤い象牙の玉のような柿が、光りながら三つ残っている。この口絵写真を、私は破って私の手帳にはさんだ。私は、その子に、

わが面《おも》に似たる子らはも秋の陽に
　腕《かいな》さしのべ柿とらんとす

と書きつけた。それから、上甲板に上がり、月光の中で寝た。

十月〇〇日

船の方向と直角に無数の海豚《いるか》の大群が泳いできた。それは船団を襲撃するごとく遙かの海上から、波の色を真っ黒にし、波間に飛び上がりながら押し寄せてきた。船の両舷から向かってくるのだ。ときには、三頭ずつくらい行儀よく並んで海上に飛び上がり、波にくぐる。もっと近いところに、また同じように躍り上がる。見渡すかぎりの海上に飛躍する見知らぬ海豚の姿が見られた。

兵隊に、はじめて入浴が許された。はじめてで最後の入浴である。海水を沸かしたものだ。狭い浴室なので、まるで芋を洗うようだ。垢がたまっているので体がずるずるしている。混雑してゆっくり洗うどころではない。風呂に入ったという気休めだけのものだ。軍艦が怪しいジャンク（中国の帆掛け船）

を四隻捕獲したという話を聞いた。われわれの針路はまったく第三国汽船航路を避けていたので、いかなる船舶にも遭《あ》わなかった。

夕刻近くなって、水平線上にかすかに山の姿が見えはじめた。上甲板に上がって見ると、右手の水平線上に二隻のジャンクが見える。左手には、もっと近く、同じく並んで二隻のジャンクがいる。双眼鏡で見ると、右手のは茶褐色の爪のような帆をはらんだ大きなジャンクで、われわれの方角とは逆に進んでいるらしい。左手のは傾いた夕陽のキラキラとまぶしく光るなかに浮かび、どっちを向いているのかわからない。前方に見える島影は香港英国領域の南端か、バイヤス湾の西岸と思われる。私たちはこの怪しいジャンクを軍艦が拿捕《だほ》するに違いないと期待した。島影は次第に大きくなってきた。われわれの両側を警戒しつつ進んでいた軍艦が、速力を速めて船団の進行している前方に出て行った。艦尾からムクムクと白い煙が吐き出された。海上に厚く、高い煙幕が張られた。前方の島影は煙幕にさえぎられて見えなくなった。ジャンクは放棄しておくらしかった。

「このあたりは有名な海賊の産地です」

と事務長が楠田少佐に話している。

「あのジャンクも海賊船かも知れませんなア。しかし、それよりも変装して船に乗り込んでくるやつがいちばん困りますよ。客のような顔をして乗っていて、時機を見て船を占領してしまうのです。船長の背中にピストルを突きつけておいて、右にやれとか、左にやれとか、まっすぐやれとかいって、自分たちの根拠地の方角に船を進めさせ、どんどん速力を出させてドーンと海岸に坐礁させてしまうのです。始末が悪いのです。今度上陸するバイヤス湾付近の住民は海賊が多いのですよ」

そういう話を聞いているうちに次第に日が暮れてきて、われわれ船団は、いよいよバイヤス湾の入口に入って行くようである。船室に帰ってきて、私は薄暗い燈火の下で身の回りのものを整理した。背嚢《はいのう》から新しいシャツと猿股《さるまた》を出して着換えた。それから髭を剃った。私たちは水際でどんな事態が起こるか何もわからない。船内はなんとなく緊張した空気が感じられ、いろいろな準備がなされている。これまでなんの屈託もなかったような兵隊も、さすがに不安の表情をたたえている。

「わけはないよ」

と怒るようにいっているのもある。

「水深はどんな具合かなあ。水深はどれくらいだろう。弾の来るのは仕方がないが、深いのは嫌だぞ」

などと話している。

私はふと他の船に乗っている私の原隊と、かつて私の部下であった兵隊たちのことを思い出した。杭州湾上陸以来一緒だった部隊の兵隊たちとは、その後、杭州で別れ、今度ふたたび一緒になれると思っていたが、原隊復帰と同時に、私は○○部勤務を命ぜられて、また離れてしまった。私は寂寥に似たものをひしひしと感ずると同時に、それらの兵隊が無事に上陸してくれるようにと心から念じた。

私は早目に寝ることにした。

十月十二日

「おい、着いたよ」という声に私たちは目をさました。まっ暗である。燈火管制をしているのだ。船は停まっているらしい。声をかけたのは真島君だった。部屋の中は私一人でだれもいない。起き上がった耳に鉄舟を下ろす滑車のキリキリキリときしむ鋭い音が聞こえた。何か叫ぶ声もする。私は起き上がって甲板に出た。煌々《こうこう》たる月明である。周囲に黒々と屏風のような山がある。山はすぐ目の前に見え、黒く点々と多くの船が見える。月光に照らされ、霞むバイヤス湾は、非常に狭く見えた。私は不意に、これは地図の通りだ、とそんなことが頭に浮かび、これはもう、敵に発見されたと思った。舟艇がつぎつぎに海上に下ろされる。兵隊が乗り移る。波はまったくないらしい。だれもあまり物をいわない。剣や銃や鉄兜などが、かち合って音をたてる。甲板を踏む高くない足音が、へんに物々しく響く。

私は軍装にて、示された時間に左舷に出た。私は腹にしっかりと千人針の胴巻きをまいた。降り口には武装した兵隊がかたまっていて、一人ずつタラップを伝って舟艇に下りてゆく。私は朝食にもらった握り飯を食った。梅干のすっぱさが歯に沁《し》みた。東朝の木下君が横にいたので、水筒から水をもらって一口飲む。舟に乗り移る。明るいので、お互いの顔がよくわかる。野原大尉も乗った。舟艇の中は狭いので、坐ることができない。

やがてエンジンの音がし、舟艇は舷側をはなれた。私は母船をふりかえった。われわれの舟艇は、連絡のために、二、三の汽船を回ったのち、集合地点にゆく。海上は明るい。軍艦の後尾に、舟艇が勢揃いしている。艦尾からメガフォンで、指揮官が舟艇隊の点検をしている。全部到着しているようです、と報告している声が聞こえる。われわれの舟艇は、○○収拾所の兵隊で満たされる。重い無電機の箱や棒や、器具をになったのが、長いあいだ出発しないので、肩が痛いと、こぼしている。暑くて汗が流れている。海上は、湖のように静かである。

「いったい、バイヤス湾は、相当に風波が荒いところで、こんなに静かなのは天佑だそうだよ」と艫《とも》の方でだれかが話している。周囲の山はクッキリと浮き出て、不気味に沈黙している。時間ばかりたつ。舟艇の中で居眠りをはじめる兵隊もある。なんの音もしない。

突然、東手の一隻の船のマストに、真紅な灯が二つともった。明るい月光の中に真紅な信号燈は、火焔のように輝く。私たちはそれを見た瞬間、身うちになにかあついものを注ぎ込まれたように感じた。出発の合図である。時計を見ると三時三十分である。森閑と静まりかえっていた海上に、つぎつぎに爽快な発動機の爆音が起こり、青い煙を吐いて、多くの舟艇が、黒々とした山に向かって、ぶっつかるようにいっせいに進みだした。

舟艇は横に一列にならんでゆく。各方面を先導する指揮艇に、標識の白い燈火がついている。その、いくつもの光が、一列にならび、しだいに遠く小さくなってゆく。それは、たとえようなき崇厳《すうごん》な美しさが感ぜられた。月明の中に浮かび出た山は、われわれのすぐ鼻先にあるように見えていたが、われわれの舟艇は、相当長く走ったけれど、なかなか海岸に近づかなかった。エンジンの音のみが静寂を破る。むろんわれわれは弾の飛び来るのを覚悟していたけれども、敵は不気味に沈黙したままである。

前線をながめていた野原大尉が、

「よし、方向がわかったぞ。左手に塔が見えるのが、下涌墟《かようきょ》の南方の島だ。下涌墟の東方に川があるはずだ。水際戦闘がはじまったら、時機を見て、その川の出口のへりに舟をつけろ」

と艇長に命じた。塔の見える上に高く聳えている山が、銑爐嶂《せんろしょう》と思われる。しだいに塔が近づき、島の影が見えはじめた。前方に横に長く白い線があらわれ、だんだん広く見えてきた。眼をこらすと、それは、海岸の白砂のように思われる。やがて、多くの舟艇は波打ち際の砂に底をあてて、停まってしまった。私たちは、舟艇を捨てた。膝まで海水に濡れて、海岸に上がった。砂の音が、サクサクと鳴った。どの舟艇からも、兵隊が降りたった。月明に、遠くまで見透せる美しい砂浜の中に、兵隊の黒い影が、蟻の列のように、緩やかな傾斜を、ぞくぞくと登って行く。ボーンと音がして、パッとあたりが緑色に明るくなった。キラキラ光りながら、信号弾が空を流れた。上陸成功の信号の合図だ。

しばらくすると、左手から緑色の花火が上がった。右からも上がった。銃声はまったくしない。砂浜がとぎれると草が生え、パイナップルの樹があった。すると、突然、ヒューヒューと、つづけざまに耳のあたりをかすめて、弾が過ぎた。私たちは砂の上に伏せた。弾はつづけざまに、われわれの頭上を過ぎた。下涌墟の方向からだ。しばらくすると、その方向にあたって、軽機関銃の音がしはじめた。友軍が攻撃をはじめたらしい。われわれの方へ飛んできた弾が、来なくなった。無電機の回転するもの悲しい音が聞こえはじめた。野原大尉が、上陸前後の情況を、逐次、部隊本部と軍司令部へ報告をする。砂原には、浜豌豆《えんどう》のような草が、一面に砂の上を匍っている。蚊がたくさん飛んでいる。刺された。パイナップルの繁みがところどころにある。舟艇が、ぞくぞくと、兵隊を運んでくる。

艦砲のすさまじい轟音がとどろきはじめた。長谷川部隊の上陸正面とも思われた。下涌墟の方向で聞こえていた機関銃声は間もなく絶えた。連絡の兵隊が、報告に来る。野原大尉がその報告を傍《かたわ》らの曹長に筆記させる。

(一)午前五時四十分ごろにいたるまで、まったく銃声を聞かず。寺町部隊は、下涌墟北方三百メートルの高地を占領しあり。

(二)下涌墟の敵は退却、目下掃蕩中なるも、敵なきがごとし。

(三)当面の敵は、合計百名前後と思われ、ほとんど高地戦においても抵抗せざるものと判断す。

(四)右翼隊右第一線は、午前九時、東茎寮《とうせんりょう》に進出、前面の敵情を偵察中なり。

砂の上にいる兵隊が、下涌墟から来たという兵隊に話しかける。

「部落には鶏がおった、ガアガア鳴きよったから、おるだろう、豚も道ばたにねとったで」

と答え、どちらも笑った。やがてしだいに夜が明けてきた。

汀《みぎわ》には、ゆるやかに、波がよせて来ては、すーっとひいてゆく。草原で虫がしきりに鳴く。周囲の山々には、ほとんど樹木がなく、赤土の膚に、膏薬を貼ったように、点々と青い草原がある。麓には、林がつづき、霞んだ朝の空気のなかに、小鳥が騒々しく囀《さえず》っている。松の木が、ところどころに生えているのが、異様に感ぜられ、嬉しかった。パイナップルが密生しているのは、われわれを、非常に遠くにきたような感慨にみちびいた。白みはじめるころまでも、われわれの乗ってきた御用船団や、軍艦が見えなかった。

「なるほど、こちらから見るとわからないなあ」

と野原大尉は私にいった。真っ赤な朝焼けのなかから、太陽が昇ってくると、しだいに海上に、颯爽たる多くの艦船の姿が浮き出してきた。私たちは、そこを出発し、下涌墟へ行った。川に橋がなく膝まで濡らして渡る。しかし、漁船が何隻も、川に底をあてて、並んでいる。下涌墟は数十軒の家しかない漁村である。しかし、建物はどれも、石造りの頑丈な家である。私たちは庭のある一軒の家に入った。兵隊が、もう鶏をおっかけまわしておる。

しばらくすると、○○部隊長はじめ幕僚も全部やってくる。上陸の成功を祝し合う。ただちに追撃に移ることになり、水野中佐が、各隊の命令受領者を集めて爾後の作戦行動についての命令を伝える。

飛行機が数台上空を飛んでいる。一台が旋回しながら、赤い尾のついた通信筒を投下した。空は青く、まぶしいほどに晴れて、焼けつくような光線だ。

捕虜が二名、縛られている。上陸地の、右の小部落にかくれていたのを、十数名捕えたという。家の中に一人ずつつれて来て、岡本通訳がしらべている。面長の色の黒い臆病そうな男で、青い服の胸に、百五十一師炊事一等兵、と白糸で縫いとりがしてある。

「手が痛いから、といてくれ」

姓名は葉春英、三十八歳、龍川県の生まれ、七月二十八日に下涌墟に来た。所属は陸軍百五十一師四百五十一旅九百一団三営七連。下涌墟には、連長以下百十名がいたが、日本軍の来ることなどまったく知らなかった。目の前に突き込んでこられて驚いた。支那軍は淡水の方へ山づたいに逃れた。恵州、淡水には、百五十一師が駐屯している。かれらは月給四元、食費をふくまず、この付近は、米、野菜は豊富。

もう一人の捕虜も、ほぼ似たようなことをいった。葉春英は、紺色の雑嚢《ざつのう》に、いろいろな物を入れている。青天白日旗一旒、受傷等級証書、舟車免費証、鉄力《ブリキ》の記章、章記は円形で、中央に抗日軍とあり、上方に第四路軍抗戦奮勇殺敵、下方に番号と八・一三・松滬《しょうこ》流血奮起証の字がある。葉は正規兵だったが、負傷し、炊事兵として雇われたらしい。舟車免費証というのは、総司令余漢謀の名で発行されたもので、この者は四路軍官兵だから、舟車は無賃だというようなものだ。インクのにじんだ、五枚の古ぼけた紙片がある。それは裏表に細字で書かれた長い文章だが、傷兵葉春英涙呈とあって、医官に提出した陳情書のようなものである。

よくわからないが、大体において、自分は手榴弾訓練中に、誤って手に裂傷を負うた。自分の貧しい家には、白髪の母親が一人ある。自分には兄弟もなく、かつ半文の蓄積もない。自分が負傷したために、自分は、兵営を追われ、収入の道が絶えた。かつ、なお、自分の手は、手術を受けねば早く治癒しない。軍隊からもらったわずかな一時金などは、とっくになくなった。白髪の母親は、陋屋《ろうおく》にあって、餓死せんとしている。なにとぞ無料にて自分の傷の手当ならびに手術をお願いしたい、という意味のものである。

その陳情書は、医官からつき返され、彼はなんの材料もない、不衛生きわまる、自家手当をやって、ほとんど左手の自由を失ったが、連長の厚意で、ふたたび軍隊に、炊事兵としてやとわれた、と葉春英は、私の質問に答えた。彼はさらに言葉をついで、今日まで自分のわずかな給料の中からさいて、つぎつぎ老母のもとへ仕送りをしていたが、今日からはその方法も杜絶《とぜつ》したわけであるから、白髪の母親は遠からず餓死するであろうと語った。私はその部屋を出た。

私はつぎの部屋に入った。台所には、まだ温かい飯の入った釜がかけられたままになっていた。壁には、赤い紙が貼ってあって、万象我心、龍魔精進、新春鴻喜などの字があり、広い紙には、鶏に似た画と、上の方に、王皇上帝、盤古老仙と二行にならび、下に大きく駆邪出外、引福帰堂の文句がある。これは中支戦線のいたるところで見たのと同じく、いずれも、ひたすら支那人が、自家一戸の幸福を願う心の現われである。竈《かまど》の下から家鴨《あひる》の子が五羽出て来て、真っ黒のどぶの中を、餌を探すように、がっがっと鳴いている。

表に出ると、新聞記者もみな来ている。私たちは昼食をした。記者は、口々に、上陸の決行される時間における船上での状態を話した。残っているものは、みな甲板に出て、舟艇を見送って、結果を待った。小藤大佐が、病軀の身をわざわざ甲板に出していたのが、涙ぐましかった。上陸成功の緑の信号弾が上がると、みなはいっせいに拍手をしたということである。

さっきの捕虜が二人、縛られて、地面に坐っている。兵隊となにか声高に話している。兵隊が中支で覚えた片言の支那語は、もとより通じないが、意味は手真似でなんとかわかる。葉春英は、日本の兵隊が、三度飯を食うということに感心し、支那兵は二度だから、空腹で仕方がないというようなことをいっている。照りつける太陽が、汗のにじみ出た二人の捕虜の額を油をいるようにやきつけている。

炎熱の進軍がはじまった。十一時半に、私たちは出発した。部落を出はずれると、狭い路に出た。二毛作のみのった穂のついている稲田の間を、しばらく行くと、もう路は登りになってきて、われわれの前に立ちふさがった。重畳した山のふところへ入っていった。野原大尉が私たちの前を歩いていく。

かくのごとき暑さは、生まれてはじめて経験する暑さである。道も稲田も山も焼けただれたように、陽炎を揚げて燃えている。たちまち汗が体中を濡らし、背嚢で胸を締めつけられて、息苦しくなってきた。私たちは、二十分とはどうしてもつづいて歩けなくなった。休憩所にもめったに蔭がなかった。道は登りになってきて、私たちは、もう一つの峠をやっと越えると、またその先に山があり、それを越すとまた山があった。私は、頭の中がじんじん鳴り、眩暈《めまい》を感じた。私たちは浴びるように水を飲んだ。

幸いなことに、われわれのために、じつに豊富な、美しい水があった。水が悪いから、絶対に飲むなと、船中でいわれていたけれども、もとより、われわれは、そのようなことにかかわってはおられないのだ。舟から、ビール瓶につめてきた水を、兵隊は捨ててしまった。それは水ではなく、重い瓶を捨てたのだ。水はいくらもあった。野原大尉も、非常に疲れたらしく、山水を飲みながら歩いた。下涌墟から、野原大尉の命令で、馬淵隊に連絡に行って、引っ返してきた金子軍曹も、少なからず弱っているようすだった。

兵隊はめったにない木かげを見つけると、ころがるように、ひっくり返った。私たちは、いくつも山を越えたけれども、山はいつまでもなくならなかった。山の中腹に峠を越えて出る狭路を、射撃できるように、いくつもトーチカがつくってあった。壕や銃座がいくつもあちらこちらにあった。四時ごろ、私たちの後方から、本部が追いついてきたが、部隊長だけ乗馬で、参謀はじめ、ことごとく徒歩であった。

しばらく行くと道ばたに負傷兵がいて、看護兵がついている。天幕《テント》を張って家にし、その中に寝かせている。獅子頭の高地で、尖兵が、敵と遭遇したのだという。

行くにしたがって、何人も負傷兵が寝かされていた。部隊長がいちいち声をかけて慰めている。松林のかげて、しばらく休憩した後、○○の目的のため、野原大尉と私は、通湖圩《つうこかん》に先行した。爆撃の音が、つづけざまに、遠くでとどろいている。私たちは、何度も休み休み行った。小さな部落をいくつか過ぎた。部落の家はどれも、頑丈な石造りである。夕方近く、やっと通湖圩に到着した。私は草原の上にへたばり、装具をといて横になったまま、動く気がしなくなった。やがて、お互いの顔が見分けにくくなったころ、部隊本部が到着し、日が暮れた。

ここは小学校である。あまり広くもない校庭に、多くの兵隊が入り込んできて、炊事をはじめた。焚火があかあかと篝火《かがりび》のように、方々から上がった。やがて部隊は、午前一時に整列を終わり、行軍を開始すると、命令が伝えられてきた。私は飯盒の飯を食べかけたが、熱気のため、腐敗していた。それでも、少し食べておかなければ歩けないと思い、水をかけて流し込んだが、むっと吐気をもよおして、吐き出してしまった。私は空腹で腹がぐうぐうと鳴ってきた。私はまた、草原に横になった。足の裏にはいくつも豆ができ、じんじんと響いた。

空には明るいほど星が輝いている。螢が二匹、ならんで飛んでいった。私が目を閉じて寝ているところを、どうですか、という声をかけられた。目をあくと、野原大尉の当番の森一等兵が、ニュームのコップをもって、立っていた。粥《かゆ》ですか、ありがとうと、私はいい、それを受け取った。それは、口をつけられぬほど熱い粥であった。塩のきいた熱いものが、私の食道を通り、胃袋にきてまで熱かった。私は、このように身に沁みる一杯の食事をしたことがない。私は、なにか、あさましいような気持にもなりながら、その一しずくまでも、口の中に流し込んだ。しばらく外にいると、黒川准尉がきて、私たちのために、一部屋を準備してある、狭いけれども我慢してくれといった。

遅くなって、報知の神原君と福日の玉井君とが、命からがらじゃ、といいながらたどりついた。われわれ三人で、その部屋に入ることにした。大毎の水足君らが後から来たけれども、一坪ぐらいのその部屋には、三人より以上は入れなかった。私たちは足を曳きずりながら、埃と蜘蛛の巣のあるその部屋に、戸板をはずしてきて、寝床を作った。無数の蚊がたちまち私たちを襲撃してきた。

蠟燭を三本つけ、暗い部屋で、各隊の命令受領者に、水野中佐が命令を出している。なにか殺気のようなものが感じられる光景であった。この小学校の正面には、舞台のようなものがつくられてあって、演芸室とか楽士室とかいうのがその両側にあって、芝居が行なわれた跡があった。通湖圩の部落に入りかかったところに、芝居の広告のあったのを見て、こんな山中の小部落で、おかしなことだと思いながら、歩いたが、ここで抗日宣伝劇が行なわれていたのだとわかった。

学校の柱と壁には赤と緑の伝単が、ベタベタと貼られてある。国民興亡匹夫有責、餘民起来向敵罷、救国救民、等の文句、表門の両側には、国慶興国難呼醒、同胞斉努力、喚起民衆殺倭奴とあり、部屋の中は、むしむしと暑いが、蚊に攻めたてられるので、私は外套を頭からかぶって寝た。汗が浮いてきて、頸筋を流れ落ちた。

十月十三日

うつらうつらとしたと思うと、出発準備という声に、驚いてはね起きた。表に出ると、明るい夜である。足が痛くて、踏みつけることができない。午前一時出発、狭い道を行軍する私の前を、野原大尉が歩いて行く。周囲は低い山で囲まれている。道がはっきりしない。民家を探して、土民を道案内にたてて行く。風がまったくない。暑くて、汗が身体中を濡らす。月がカンカンと照りつけてくる。兵隊は黙々として行軍して行く。小休止になると、道端に落ちるように倒れて、動かなくなってしまう。わずかの時間を眠って、鼾《いびき》をかく兵隊もある。歩き出す。兵隊は、歩きながら眠っている。眠りながら歩く。コクリと前の者に頭をぶっつけて、ハッとして目を醒ます。星が輝き、いくつも流れる。次第に夜が明けてきた。照りつける月が没すると、照りつける太陽が出てきた。暑さが増してくると、兵隊が何人も倒れて、隊列はバラバラになった。私は歯を食いしばって、機械のように、動いていった。水のあるところに来ると、餓鬼のようにむさぼり飲んだ。出発するときに、この付近から、恵州には、コレラが非常に多いから、絶対に生水を飲むなと、注意があったけれども、はや、だれも、そのような注意を、気にとめなかった。

兵隊は背嚢のなかから、いろいろなものを捨てた。必要なものでも、いますぐに必要でないものは、捨ててしまった。冬もののシャツや股引きなども捨てた。それは、たとえば、明日すぐに冬が来たとしても、今日それを持って歩けば、倒れるほかはない、と思われたからである。正午近く、前方にあたって、ありがたいことに銃声が二発聞こえた。私たちの部隊は停止した。私は道端に仰向けに寝た。また、二発つづいて銃声がした。それは、味方の弾の音だった。両方を山に挾まれた隘路なので、鋭く銃声は谷間に木霊《こだま》した。ひとしきり銃声がつづき、間もなく止んだ。それから、しばらくなにも聞こえなかった。私は、もうすこし戦闘がつづけばよいと思った。しかし、それきり銃声は聞こえず、しばらくしたら、部隊は前進しはじめた。私は痛い身体を起こして歩き出した。兵隊はだれも足どりが立派でなかった。

行軍してゆくにつれて、道端は散乱した敵の遺棄品で埋められていた。点々と支那兵の死体があった。道路に屑屋を開業したように、どこまでもつづいている。水野中佐が笑いながら話す。蜩子籠《ちょうしろう》、西北暗部付近に、敵部隊がいたのが、泡をくらって潰乱した。われわれがこの道を前進するのと、左翼の馬淵部隊が向こうの山の谷間から出てきたのとで挾み撃ちになったのだ。

敵はそれこそ、蜘蛛の子を散らすように、逃げてしまった。向こうからこちらに、最初どんどん逃げてきた奴が、こちらからも日本軍が来るので、またひっくりかえして退却した。このとき、大尉を一人つかまえたが、こやつなかなかしっかりした奴で、なかなか泥を吐かなかった。あの高見にある白壁の家に武器小銃弾薬が無数にあったよ、そう話しているうちにも、右手の畦道《あぜみち》を歩いている兵隊が、ここにも小銃が三十梃ばかり捨ててありますとか、手榴弾がたくさんありますとか、大きな声で報告する。道端には行李や、籠や、箱などがひっくりかえり、いろんな書類が散乱している。蒲団の巻いたのや、脱ぎ捨てられた服や、帽子、靴、巻脚絆や、ブリキでつくった重箱のようなものに、飯や蓮根や藷《いも》の煮たもの、黒い豆などがはいったままである。薬品箱もある。よっぽどあわてふためいて遁走したことが歴然としていた。なにかしら哀感の漲《みなぎ》っているそれらの敗走の道を、われわれはあまりかんばしくないようすで、苦しい進軍をつづけていった。

道端にはいたるところに、砂糖きび畑があった。兵隊はバラバラと畑の中に駆け込んだ。そして、丈より高く繁っている砂糖きびを折って、むさぼるごとくその汁をすすった。ある者は切ってきて、行軍の道々しゃぶった。私は朝から何もたべていない。私はその甘い液汁に、咽喉と腹をみたした。報知の神原君も、相当にこの炎熱の行軍にへたばっていて、われわれは二人して、たびたび砂糖きび畑に飛び込んだ。砂糖きび畑はまた、樹木の少ない道程では炎熱をさけるまたとない蔭であった。私たちは見栄も外聞もなく、砂糖きびを切っては、何本もちゅうちゅうと音を立てて噛んだ。私たちは砂糖きびをかじりながら歩いた。

私が休むために、道端に仰向けに倒れると、私の頭は突然、無数の花によって埋められた。昼顔であった。そこの土堤は、一面に薄紫の花によっておおわれていた。私がいまさらのように、周囲に眼を転じると、私はその付近が、まったくすばらしい花園であることに驚いた。眼に痛いほど真っ赤な花や、黄、紫などの様々の色の花弁をつけた名も知らぬ熱帯の植物が、繚乱と咲き乱れていた。稲田の間には黄色に菜の花畑も見られた。

松もまじっている。付近の森や林には、高くのびて思うさま手を広げたような檳榔子《びんろうじ》や、バナナ、パパイアの木があった。われわれは苦しさのあまり、この美しい植物園に気づかずに歩いているのだ。

　私たちはこのようにして本隊からずっと遅れてしまい、夕方まで歩いたにもかかわらず、目的地の永湖圩に到着しなかった。私は何人も炎熱の土に倒れた兵隊を見た。疲れた兵隊たちは、まれにしかない木かげに集まって、死んだようになってこんこんと眠った。私は日射病で倒れた兵隊が、何人もそのまま絶命したことを聞いた。道端では真っ裸になって、水で身体や頭を冷やしている兵隊が何人もあった。私は熱病のために顔がむくれたように熱くなり、胸が苦しく、突然のごとく、激しく心臓の鼓動がうちはじめるのに、驚きあわてて道端に坐り込んだ。そして、大急ぎで背嚢を下ろし、装具をはずして胸をはだけた。私は足や身体の痛さよりも、いつ、めまいのために倒れるかもしれないということが不安になってきた。私は何度もクラクラとして、倒れそうになった。兵隊たちのようすを見ていると、けっして彼らが私より楽な状態にあるとは思われなかった。彼らはことごとく憤怒に近い表情をたたえ、眼を光らして進軍をつづけていった。一体、われわれの地図は、なんのことやら分からないのである。

　地図の上では、どんなにはかってみても、三里ぐらいしかないと思われるところを、われわれは一日かかって歩いて、まだ到着しないし、まだどれぐらいあるか分からないのである。夕方近く雷鳴が轟き、すさまじい風とともに驟雨がきた。熱にうだっていた私たちは、降りしきる雨の中を歩いていった。身体中びしょ濡れになったが、かえって気持がよく、私たちは少しく元気を回復した。大粒の雨は叩きつけるように、地上に大きな穴をあけて、わずかの間すさまじく降り落ちた。山も稲田も真っ白い雨の中に、しばらく閉ざされてかすんだ。破れた私の靴革に雨水がしみ込んできたが、豆ではれて熱を持っていた足にひやりとし、かえってよい気持だった。雨は私たちの背中を叩いて走るように過ぎ、間もなく青空が出て、雷鳴ばかりが鳴りはためいた。私たちがびっこをひきながら、永湖圩に到着したのはまったく陽が落ちてからであった。部隊本部は小学校にあった。私たちは二階の一室を、寝所とすることになった。そこはガランとして、なにもない板の間であった。ずぶ濡れの私を見た野原大尉が、驚いたように、どうしたのだ、汗かと私にたずねた。○○部隊長は、

「御苦労、戦いは大勝利だ、敵はまったく潰走しておる、明日は恵州をとるぞ」

といわれた。野原大尉は、

「きょうはゆっくり休みたまえ、明朝は五時に牛江の渡河開始だ」

といった。野原大尉は、けさがたからやっと馬を得て、乗馬で行軍してきたのである。今夜は私たちの部屋には、有難いことに蚊が少ない。私は濡れている装具や、軍服を一切ぬいでしまって、猿股一つになった。この部屋は大毎の水足君と、連絡員二人と神原君と私とだ。いずれも参っていることにおいては伯仲である。わりに元気な大毎の連絡員が飯盒で飯をたき、どこかでせしめた鶏を丸焼きにしてきた。私は水足君から飯盒の蓋に、一杯飯をもらった。きょうはじめてありついた飯である。あつい飯がたまらなくおいしかった。いったい、この山岳の難行軍で、われわれの部隊の大行李も小行李も、追及してくることができない。車輛部隊は全然通ることができない。そこで、いったん下涌墟に上陸した車輛部隊は、楠田少佐の指揮の下に、澳頭《おうとう》港の方に回り、

淡水道の方を前進することになったのである。そこでわれわれはまったく食料の配給をうけず、また上陸以後の地点には、まったく驚くほど飯というものがなかった。どこでも偉い人たちをはじめとして、粥をすすっていたのである。飯をすますと、私は裸のまま横になった。水足君が蚊取線香を焚いた。早く眼のさめた者が起こすことにして、私たちは疲れのため、たちまちねむってしまった。

十月十四日

暗いうちに舟で牛江を渡った。濁流の中に兵隊がとび込んで、こちらの岸から向こうの岸へ綱を渡した。二本の綱をたぐり二隻の舟で渡るのである。河幅は五十メートルくらいだ。河を渡ると、灌木にとり囲まれた狭い途がいくつもに分かれ、山につき当たる。前日の雨のために道路にこね返された泥濘の山路を歩む。今日も立派な天気で、太陽が昇るにしたがい、またもわれわれの進軍は惨憺たるものになった。しかし、私たちは前日と同じように炎熱に喘《あえ》ぎながら、割合に隊伍を乱さずに歩いた。山道を出はずれると広い道に出た。これが本道らしい。行軍の速度が若干ゆるめられた。暑さは昨日にも増した。小川やクリークがあると、兵隊はだれも装具をはずし、真っ裸になって流れの中に入った。股ずれができて赤い肉がはみ出ている兵隊がある。股ずれのできないように、軍袴の上から股のつけ根のところを紐でくくっているのもある。私は前に股ずれで泣きたいような目にあった経験があるので、足にぴったりくっつくズボン下を猿股がゆるんでくるとおし上げて身体と密着するようにし、股と衣類とが摩擦しないように工夫して歩いた。しかし、私は朝のうち窪地に落ち、左足をくねらして捻挫した。それでなくてもやっとの思いで歩いていた私の歩行は、いっそう困難になった。

昼食になったけれども、私は食糧がなかった。私は上衣を脱いで灌木の枝に渡して屋根をつくり、眠った。近くには水もない。だいぶ離れたところにあるらしく兵隊が汲みに行っている。私は水を汲みに行くのも大儀だった。すると、荷物をかつがせて歩いていた敵の捕虜がいくつも水筒をぶらさげて私の前を通った。私は呼び止めて私の水筒をわたした。支那兵はうなずき、田圃の畔に下りて稲田の間を伝い、百五十メートルばかり先にあるらしい渓流の方へ行った。

風がまったくなく、蒸されるように汗がこんこんと流れて出る。やがて支那兵が水を汲んできた。私はそれをごくごくと飲み、残りを熱のある頭からかけた。ちょっとの間ひやりとしてよい気持だった。私はもう一度その精悍な支那兵を呼びとめ水筒を渡した。今度も支那兵は両手に持ちきれぬほど水筒をぶらさげ気軽に渓流の方へ下り、きらきら光ってかすかにゆらいでおる白い薄《すすき》の穂の蔭に見えなくなった。

「ありゃ支那の中隊長じゃよ、大尉だよ」

と私のそばにひっくり返っておる兵隊が言って笑った。一等兵や上等兵の命令で水を汲みに行った大尉は、機嫌をとるような、もの悲しげな微笑をたたえて帰ってきた。受け取るやいなや、私が水筒をさかさにして、口の中に水を流し込むのを、あきれたように見ていた彼は、しきりに首を横に振りなにか言った。なにか分からなかったが、彼は同じことを熱心に何度も繰り返しながら、自分の足を出して見せ、紫色になっているいくつもの斑点を示した。私はその斑痕を見た刹那、かつて上海同仁病院で見たことのある一本の無気味な脚が目に浮かんだ。その脚は直径一尺になるほどもはれ上がり、その周囲にぶよぶよと腐った膿をたらしているいくつもの腫物《はれもの》が模様のようについていた。医者はわれわれに、

「これは一種の風土病であって、水中に寄生している細菌によって原因せられているのだ」

と説明した。敵兵が手真似で私に説明していることは、

「あまり生水を呑まない方がよい、それは支那の水にはそのような腫物のできる悪い虫がいる」

という意味と思われた。

私はちょっと嫌な気持になったけれども、それより敵国の兵隊の健康をきづかってしきりに衛生上の注意をする敵兵の顔を、私は了解しかねてまじまじと見つめた。私のただならぬ凝視に面喰らったように、飛び出た額をしたこの兵隊は、ごまかすように笑い、意味もなくうなずきながら去ってしまった。

私はまたそこへ仰向けにひっくり返った。水が胃袋のなかで鳴っている。すると、私は私の横の草叢のなかに黄色い袋が落ちていることに気づいた。手を差しのべて拾って見ると、それは乾麺麭《カンパン》の袋だった。確かに支那兵の落としていったものだ。四角な固い麺麭《パン》が五つはいっていた。私はふと周囲を見まわした。私はどうしたというのだろう。私は秘密を蔵した犯罪者のように見られることを恐れるごとき行為をした。周囲の兵隊は陽炎のなかにほとんど昏々として眠っていた。私は安心するとともに、なにかあさましく、胸のなかを怒りとも悲しみともつかぬものが流れるのを感じた。私は敵兵の汲んできてくれた水を呑み、敵の捨てていったその麺麭を噛んだ。

出発。またもや爛《ただ》れ、陽炎に燃える暑熱の下を、埃の進軍だ。私はとうとう倒れた。私は木蔭のある道端に、仰向けに倒れると、なにかからだが浮き上がるように感じ、涙がたらたらと頬を伝って流れるのを感じた。私の顔は燃えるように熱くほてっていたにもかかわらず、なおその涙を頬に熱く感じた。私の頭の横を過ぎて行く兵隊の、重そうな靴の音が遠いもののように聞こえていたが、それきりなにも分からなくなってしまった。

どれくらいの時間がたったたか、私が気がついて目をあけたときには、どこにも軍隊の姿は見られなかった。少し傾いた陽ざし、真っ青な空と同じように燦《きら》めいている炎熱のなかの稲田と山と黄色い一本道がしーんとしてみられた。やがて、その黄色い道の果てからぽっつりと兵隊の影が出てきて、トボトボとこちらへ歩いてくるのが見えた。それから、また間をおいて二人ほど杖をひいた兵隊がやってきた。それからもぽつんぽつんと遅れた兵隊が、足を曳きながら過ぎていった。ある兵隊は、自分は杖をつき、足を曳きずって、真っ赤に顔中を汗で光らせながら、それでも私に向かって、

「元気を出してぽつぽつ行きませんか、今夜の宿営地はもうあまり遠くないらしいですよ」

と声をかけた。道の果てから大毎の水足君と宮本君のやって来るのが見えた。近づいてくる二人は私のそばに腰を下ろした。二人とも相当まいっているようすである。また後からだいぶ兵隊は来ていると彼は話した。私たちは勇を鼓して歩き出した。砂糖きび畑があると私たちは入り込んで休み、砂糖きびを折って貪《むさぼ》るようにその甘い汁をすすった。前方では飛行機がしきりに飛び、爆撃の音が山岳に木霊して轟いている。どこにも雲は見えないのに雷鳴がしきりにしている。私

は苦しく、左足の痛さに歩行がはかどらなかった。やがて、東の空に黒い雲が湧き起こってきたとみるまに、風が吹いてきて稲の穂が音をたてて波のように騒ぎはじめた。すさまじい音をたてて真っ白に驟雨がやってきた。私は雨に少し元気をとりもどし、大粒な、石を投げるような雨に叩かれながら歩いた。

水足君などは先にいってしまい、またひとりになった。兵隊は点々として白い雨の中を歩いていた。ときどき部隊が通り過ぎた。雨はやんだ。ふたたび青空が現われた。雷鳴と爆撃の音は絶えずつづいて轟いた。

夕刻近く、私は土手に腰をおろして、今日はとうてい本部に追いつくということはむずかしい、どこか後方の部隊に宿を借りるほかはないと、そんなことを考えていた。すると、前方の山の向こうに銃声が起こった。つづいて、軽機関銃や重機関銃の音が激しく聞こえはじめた。ときおり山砲の音がそれにまじった。私は恵州攻撃のための戦闘がはじめられたことを知った。私はさっきの考えを捨てた。私はどうしても戦場まで到達しようと決心した。私は歩き出した。銃砲声はますます激しくなってきた。一足ごとに私は苦しくて思うように進めなかった。

やがて日が暮れはじめた。太陽が山に入ったと思うと、たちまちうす暗くなってきた。私はどうもこの地方は黄昏《たそがれ》の時間がはなはだ短いように思われた。後に宿営する部隊に聞いてみると、本部はずっと前だという。真っ暗になった。聞いたとおりに一本の松のあるところから土手を越えて田圃道に入った。だれもいない。私は何度も足を辷《すべ》らした。田圃の中に踏み込んだ。銃砲声と雷鳴が、すさまじく轟いている。私はひたすらそれを目標に行った。懐中電燈を低く照らしな

がらやってきた兵隊が、

「そちらには敵がいるぞ。左道をゆけ。千メートルばかり行ったら部隊がいる」

と教えてくれた。道などはまったくわからない、暗闇なので、私は何度も水溜まりに落ちた。畦道はこねかえされ、ドロドロに泥濘になって、膝までもひたる。前方にどす黒く山の姿が見え、その麓のところにかすかに、あかりが見える。銃声はしだいに近くなった。やがて、闇の中に、多くの兵隊が集合している地点へ出た。狭い道に兵隊は密集し、転々として少しずつ前進している。本部はずっと前だと聞かされたけれども、狭い道に一列になっているので、追い越すことができない。すぐかたわらにいる兵隊の顔はもちろん、姿もはっきり見えない。黒いものがかすかに動くのがわかり、身体がぶつかったりしてはじめてだれかいるのがわかるような暗さである。足元は全然わからない。兵隊は、凸凹の多い道で何度もすべったり転んだりする。少し前進しては止まる。田圃と思われる暗闇の中に螢のように青く光るものがある。螢よりも小さい。

また進む。前の方からつぎつぎに穴とか、橋とか、水溜まりとか、後方に低声《こごえ》で注意をあたえながら進む。私はひたすら目をこらし前の兵隊を見失わぬようにして歩いた。周囲に森のようなものが見え、かすかな灯の中にちらちらくる黒い影が見えた。私のいっしょに進んでいた部隊は左に折れて停まってしまった。狭い畦道や田圃の中に黒々と多くの兵隊が蠢《うごめ》いている。前線へ出て行くいろいろの部隊がいた。

「衛生隊は何しているんだ。負傷者が出ているんだ」

と闇の中で叫ぶ声が聞こえ、ぬかるみをはねてあわただしく駆け出して行く気配がした。兵隊はどこまで行くのかだれも知らない。しかし本部の方には行かないという。聞くと本部はまだ先だという。私は一人で教えられた道を行った。銃声と轟鳴が絶えず、ときおり流弾が細いうなりをたてて頭上を過ぎた。

突然、前方の闇の中に真っ赤な焔のような四角形が二つひらめいたかと思うと、私の足もとを震動させて物すさまじい轟音が、とどろいた。なにかの爆発した音だ。音響はあたりの空気をふるわせ、石臼をひくような響きがしばらく消えなかった。瞬間に浮かんだ四角な焔は、なにかの建物の窓のように思った。ぬかるみの中をぴちゃぴちゃいわせて、向こうから一人の兵隊がやってきた。私が本部の位置を問うと、

「まだずっと先です。しかし、道がこみ入ってるから教えようがないな。とても一人では行けませんよ。ここに待っていてください。私は通信隊まで連絡をとりに行くのだから、また引き返して来ます」

と、その兵隊は私の名を聞き、自分の名を告げておいて暗闇の中に去ってしまった。

私はそこへ腰をおろした。私はまったく泥鼠になっていた。尻につめたく水がしみてきた。私は足を投げ出したが、自分の足も見えないほど暗かった。機関銃声がひっきりなしにしている。迫撃砲の炸裂する音もする。雷鳴に閉ざされた暗い空と地上との間には、じっとしばらく瞳をこらせばかすかな一線が認められた。しばらく待ったけれども、先刻の兵隊は帰ってくるようすはなかった。だれも通らなかった。私はまるで忘れていた足や身体の痛みをようやく思い出した。するとⅴ足音が聞こえ、さっきの兵隊の去った方向から、黒い影がいくつも来るのがわかった。私

が声をかけると本部に行くのだというので、私は立ち上がった。私はそれらの兵隊の後からつい
て行った。

道はいっそう悪かった。私はすぐ前の兵隊を見失わないように目をこらしていった。兵隊は何人もぬかるみの中にころんだ。私もころんだ。立ち上がると、もう目の前にだれもいなかった。私は足を早めてまた辷った。私は二尺くらい下の田圃の中に横倒しに落ち込んだ。顔にとばしりがかかり、目と口の中へ苦い泥水が飛び込んできた。私は腹が立ちながらも、ふっとおかしさがこみあげてきた。私は泥の中を這いながら、ひょっくり杭州湾上陸当時のことを思い出し、分隊の兵隊から、

「班長は重いからよく辷るな」

といわれたことを思い出したのである。私は泥田の中から這い出し、夢中で兵隊のあとを追っかけた。われわれはくねくねと曲がり、闇の中をずいぶん歩いたようである。

やっと本部の位置に到着した。するとそれは別な部隊の本部であった。私はがっかりしたが、○○本部もすぐ裏にあった。ちょっとした部落である。兵隊たちがたくさんいてあかりを外にみせないように狭い家の中で焚火をしていた。炊爨《すいさん》をしている兵隊や、軍服を脱いで乾かしている兵隊や、多くの兵隊は疲れて横になっていた。馬がたくさんつながれている。私が本部に入ってゆくと、入口に近い椅子に将校が腰かけていたが、家の中から洩れるかすかな蠟燭のあかりで田島中佐であることがわかった。田島副官は私が、

「ただいま到着しました」

といっても、わからないようすで私の顔に懐中電燈を照らした。

「なんだ、ずいぶん汚れたな。そこの下に池があるからすこし泥を落としてこい。すぐ前に敵がいるから気をつけてゆけよ」

といって懐中電燈を貸してくれた。私は教えられた坂を池の方に降りた。水際に降りると水面はかすかににぶく光っていた。兵隊が馬を池の中に入れて体を洗ってやっている。私は装具をつけたまま池の中に入った。膝の深さのところまで入って体に水をかけ、タオルを出して泥を洗い落とした。着物のまま風呂に入ったみたいである。赤土の泥は厚くこびりついていてなかなか落ちなかった。銃を池の中につけて洗った。流弾がしきりに飛んできて水の中に落ちた。

本部に引き返してくると、田島副官はそこにいなかった。家のなかに、みんないそがしそうに兵隊が動いていた。私は装具をとき、巻脚絆をぬいで地面にひっくり返った。シャツも猿股もびしょぬれである。私はしばらく横になっていた。私はいつのまにか眠ってしまった。名を呼ばれて私は眼をさました。報知の神原君が泥まみれになって立っていた。

「やっといま着いたが、えらい目に遭ったですよ、どろんこになったのはええが手に怪我をした。真っ暗だし、何度も転んで手をついた拍子に、手のひらに竹を突き差した。看護兵に応急手当をしてもらったけれど、痛くて仕方がない」

と神原君は私の横に坐りながら言った。左手に繃帯をしている。

「どうも今日は参ったね。倒れるかと思った。しかし、どうしても本部に追っつこうと思ったら、弾は来るし、もう足の痛いのもきついのもなにも忘れて、無我夢中でやってきた」

と神原君は自分でもおかしそうに笑いながらいった。家の中に入ってみると、大毎の水足君たちがいた。今夜はどこも部屋が狭くて寝るところがないという。私たちは土間にアンペラを敷いて寝ることにした。

到着した通信隊が、私たちのすぐかたわらで無電機を回転しはじめた。私たちの枕元を、ざわざわと行ったり来たりした。私は濡れたシャツのまま横になっていたが、すこし寒くなってきたので、背嚢から外套をといてかぶった。森一等兵が管理部から飯盒に飯をもらってきてくれた。飯を神原君と二人でたべた。ここは上馬庄《じょうばしょう》というところである。

轟く雷鳴のなかに、砲声と機関銃声とが激しく交錯していたが、やがてすさまじい豪雨がやってきた。しばらくはなんの音も消してしまうほど激しく降った。前線に出ている部隊は、相当に激戦をしているようすである。豪雨と雷鳴のなかに、熾《さか》んに砲弾の音が入り乱れた。流れ弾がわれわれの堡塁にきて何発もあたった。濡れた身体にぞくぞくと寒気を覚えながら、私はさまざまの音響を耳に聞きつつまもなく眠った。

十月十五日

早朝出発する。兵隊があわてて準備をととのえ、闇の中へ出て行った。雨はやんだらしい。銃声はわれわれが目を醒したときには、まださかんに聞こえていたが、次第にあたりが白みはじめるとともに、緩慢になった。私は神原君と二人で、管理部に食糧をもらいに行った。ごみごみした炊事場の鍋に薄黒い粥汁が底の方に残っていた。それから飯盒にすくい、うすぎたない岩塩を入れて食べた。兵隊たちも、ふうふう吹きながら、おいしそうに食べている。帰って来ると、私たちは、もう一度池の方に銃を洗いに行った。泥だらけになって、遊底《ゆうてい》がまったく動かないのだ。泥を洗い落とし、小刀で溝や穴につまっている泥をこさげた。油をひいた。井場副官が来て、

「恵州まで一里だよ。外に出ると塔が見える」

といった。電話がかかってきて、田島副官が聞いている。前線近く出ている○○収拾所野原大尉かららしい。

「ハア、なに、部隊がどんどん恵州に入城しているのが見えるか、よろしい」

田島副官は急いで受話器を置き、部隊長のいる二階へ上がっていった。やがて出発の命令が下り、出発した。

池をまわって、水田の間の狭い道を行き、赭土《あか》でこね返されたクリークを舟で渡った。ずるずるすべる。左手に小高い饅頭のような青草の山がある。その山から流れた丘陵の線を越えると、豁然《かつぜん》として前方に広々とした草原が開けた。ゆるやかな起伏の青草の丘がつづき、前方に城壁が見え、森の中に高い塔があって、見える街が恵州であった。銃声が思い出したようにしている。饅頭のような丘の頂上に、本部はみな、上って行った。身体や足が痛く、私はその急な傾斜を登るのが億劫なので、丘陵の中腹に腰を下ろした。空は、まだ雲が晴れず、丘陵を涼しい風が吹いて過ぎる。いままでの炎熱の盛夏に、とつぜん秋が来たようであった。しかし、私は、昨日から濡れたのがかわいていないので、少し寒くなってきた。山上の本部はいつまでも動くようすがない。恵州を奪取した野副《のぞえ》部隊は、すでに敵を追うて東江を渡ったという。水足君と、宮本君も、

私の横に腰を下ろしている。私たちは退屈のはて、くだらない話をはじめる。水足君が話す。

「この連絡員の宮本君はね、だいたい洋服屋さんで、それも仕立てが本職なのだ。一もうけするつもりで、上海に来たらしいが、あんまり支那人の同業者が多く、そんな奴が途方もない安値で仕事をするので、競争にならず、弱っていたので、とりあえずうちで傭ったのだが、面白いのは、彼は今度の従軍で、いろいろな荷物の中に、もっとも大切にして、洋服地を截《た》つ大きな鋏を持って来ているのだよ。これはなんというか、一種の感じがあるね」

「そんなことというなよ」

と宮本君はてれたようにいう。ぞくぞくとやってくる兵隊が、丘陵を越えて下りて行く。点々と青い草の上に腰を下ろして休む。私たちは足が痛いので、少しでも先に行こうと出発した。山はいくつも重なり、道は紆余曲折している。山中にいくつも、竹であんだ一尺直径くらいの傘が棄ててあって、迷彩をほどこし、紙に、「抗日決死自衛隊」と緑のペンキで大きく書いてある。私は、何度も休みながら、細い道をしばらく行った。次第に、空は晴れてきて、また暑くなってきた。兵隊が相前後して行く。

やがて、山道を出はずれると、まんまんと美しい水をたたえている、湖のふちに出た。その湖の向こうに、恵州の街があった。並樹道をすかして立派な建物のならんでいるのが見え、広い道路をバスが走っている。ちょっと変な気がしたが、それは、敵の遺棄したバスを、日本の兵隊さんが動かしているのであった。湖に沿った道を行くと、途中の丘陵には、どれにもトーチカのあるのが見られた。多くは、丘陵の頂上につくられ、銃眼が裂けたように口を開けていた。それはいずれも、道路を自由に射撃できるようになっていて、この戦闘の困難であったことが、まざまざと想像された。

道端に兵隊がたくさん休憩している。支那兵の死骸がいくつもあった。あるところでは、十数人の支那兵の捕虜を中にはさんで、多くの兵隊がなにか声高に話しながら笑っていた。捕虜はいったいに小柄であるが、いずれも剽悍《ひょうかん》な目つきをしている。そこにいた一人の軍曹が、穏やかな口調で話しだした。

「こいつらのおったのは、あのトーチカですよ。このへんには、あのとおり、トーチカばかりで、どうしても、前進がしばらくできなかったのです。私たちは、野副部隊の先鋒となって、この付近に来たのですが、命令によって、福田隊と中島隊とが、決死隊になって、肉弾で、トーチカを奪取することになりました。私たちは、敵の死角を利用して、山によじ登りはじめましたが、あのとおりの、まんじゅうのようなまるっこい斜面で、ほとんどしかたがないのです。私たちは、敵に撃たれる前に、迅速にトーチカにたどりつくよりほかはなかったのです。敵は銃眼から、機関銃や、手榴弾をめちゃくちゃに投げてきました。残念ながら、日高軍曹と、高見伍長がやられて、戦死しました。私たちはやっとトーチカにたどりつきましたが、なにしろ、まるで栄螺《さざえ》みたようなもので、銃眼や入口から、ひょいと顔を出して、手榴弾を投げて引っ込む。危なくて仕方がありません。私たちは、トーチカの上の土をひっぱがして、銃眼をつぶそうとしましたが、うまくゆきません。トーチカはどれも青ペンキでぬってありましたが、ここから見て赤く見えるのは、ひっぱがした跡の土なのです。その間にも、私たちの横で、ドンドン手榴弾が破裂する。破片で怪我をする者が出る。私たちも、トーチカの中に、手榴弾を投げ込みました。それから一計を案じ、発煙筒をぬいて、煙で燻《く》ゆらしてやりました。これには奴らまいったようです。ようやく降参してきました。

ところが、トーチカからつぎつぎにやつらが出て来はじめると、急にトーチカの中で、激しい銃声がしはじめ、手榴弾の破裂する音がしました。私たちは、ちょっと驚きましたが、後で中に入ってみて、わかりました。そのトーチカは、じつに驚くほど広く、電話や、寝台や、洗面所、便所などの設備まであって、五十人から、入っておったのです。中は、死体で埋まっていましたが、私たちの、聞いた音というのは、トーチカの中におった支那兵が、捕虜になることを潔《いさぎよ》しとせず、お互いに、拳銃で撃ち合ったり、手榴弾で自爆したり、機関銃で味方の兵隊を掃射したりしていたのでした。私はトーチカの中の惨状に、慄然とするとともに、なにか粛然とするものを感じました。トーチカ奪取には、工兵隊も、大いに活躍しましたが、なにしろ、昨夜は雷鳴と豪雨に降り込められ、ちょっと大変でした」

私はその話を聞きながら、たびたびそこにいた兵隊たちの、高らかに笑う声に、心を奪われた。昨夜の雨の中で、泥だらけになった兵隊たちは、おいしそうに、煙草を吹かしながら、しきりに捕虜をからかって、ゲラゲラ笑っているのである。捕虜は、百五十一団の肩章をつけ、褐色の軍服を着ているが、どれも、どこかに負傷して、血にまみれている。日本の兵隊からもらった煙草を、さもうまそうに喫って、煙を輪に吹いたり、不安そうにキョロキョロしたり、何人かは坐ったまま、居眠りをしている。眼をつむって、コクリコクリと首を動かしている捕虜を、日本の兵隊がコツンとつつく。びっくりしたように眼をあけ、キョロキョロとあたりを見回すが、また、居眠りをはじめる。

「寝かしといてやれやあ。こやつらも、ゆんべは寝とらんのとたい」

と兵隊がいう。

私は、この、昨夜は豪雨に濡れて、死闘のなかにあった兵隊たちのかたわらを離れて、なおも湖に沿った道を行った。しばらく行って休んでいると、後方から、たくさん兵隊がやってきて、私の前を過ぎて行ったが、やがて、担架を中にはさんだ一隊がやってきた。私の前まで来ると、私は、それが、さっきの部隊であることを知った。担架は二つあって、二つとも、さっきの支那兵がかついでいた。戦死体には、天幕がかぶせてあった。私は立ち上がって敬礼し、重そうに、ヨチヨチとよろけながら、歩いてゆく支那兵に、突然のごとく、激しい憎悪を感じた。

森の間を抜けると、広い道に出た。私は橋を渡って、恵州の街に入った。その橋の中間に石碑が立っていて、西湖六橋円通橋畔碑とあり、細かい字で、由来らしいものが刻んである。この池は西湖というのだ。周囲に青い山や、森があり、藍に澄んだ湖水に映じ、湖は一面に、睡蓮《すいれん》によっておおわれている。遠くには水鳥が浮かんでいる。恵州は美しい水の都である。私は橋を渡ったけれども、行先が不明なので、橋畔の草の上に腰を下ろした。本部の到着を待ったけれども、なかなかやって来なかった。やがて、ぞくぞく到着した部隊が、隊伍をととのえて入城した。蜿蜒《えんえん》とつづき、軍旗を立て、円通橋を渡って行く兵隊は、ことごとく足どりが悪く、苦しそうに、少し前かがみになって歩いているが、それは全体としてみれば、たとえようもなく、勇ましく、颯爽《さっそう》としていた。ことに、進軍してゆく隊列が、しだいに晴れてきた青空とともに、西湖にさかさに映じているのは、たとえようなく美しかった。かかる美しさは、つねに、われわれ兵隊に、喜びに似た勇気をあたえるのである。

隊列のなかに、点々と支那兵の姿がまじっている。それは、こんどの戦闘で捕虜になったのと、恵州までに捕えられて来たのとがまじっていて、いろいろな荷物をかついだり、縛られたりして、歩いている。円通橋の付近に来て、隊伍をととのえるために、部隊はとまる。すると、捕虜たちは、西湖の水際に下り出て、しきりに手や顔を洗い、うまそうに水を手ですくって飲んでいる。新聞記者が捕虜を撮影するために近よると、チョイと待てという格好をし、はずれているボタンをとめ、帽子をかむりなおして、様子をつくる。

多くの捕虜の中に、私は一人見知っている支那兵を認めた。それは、いつか、私が路傍に倒れていると、水筒に水を汲んできてくれた大尉である。大尉は、重そうに弾薬箱をかついでいたが、それを下ろし、同じように西湖のふちに降りていって、つづけさまに水を飲んだ。

私が、支那兵たちの姿をじっと眺めていると、背後ですさまじい喚き声が起こった。振り返ると、すぐ後ろの道端で、一つの籠を中にして、穢《きた》ない老婆が三人で、声をからして、口論している。彼女らはどこからか盗み出してきた徴発品の、所有権について議論しているらしい。籠の中には、何が入っているかわからないが、一番上に、青い布の蒲団がはみ出していた。彼女らは必死の形相をして、やかましくどなりたて、ついに、いちばん年とった背の高い婆さんが、ひったくるようにして、籠をひっかつぎ、走るように去ってしまった。残された二人の老婆が、今度は、口を尖らして、なにかしきりと、口論をしている。向こうの家の中にも、一人の老婆が行って、何か捜している。空屋になっている軒並を、つぎからつぎに、のぞいている婆さんもいる。街には、まったく人影が見えず、ただこれらのあさましい老婆の群れがあるばかりである。

私は立ち上がって歩き出した。本部はいつくるかわからないし、地図をひらいてみて、街があると思われる方向に行った。足や身体が痛く、のろい足どりである。第四路軍と、白で描いた迷彩をほどこしたトラックが、道端に何台も放置されている。屋根は、空中偽装のために、木の枝で蔽《おお》われ、積まれたいろいろな箱や、書類が散乱している。私が、その紙屑をかきまわしていると、後ろで私の名を呼んだ。木通《きどおし》曹長で、馬に乗って私の後ろにいた。そこへ本部がやって来るといった。

平湖門から、本部といっしょに入城した。小さい城門には、一面に、赤や青の墨で書かれた伝単や、絵が貼りつけてある。平湖門を入ると、街の中に、同じように、無数の抗日伝単や、字などが書きつらねられている。陸軍第百五十六師青年訓練所、民衆抗日自衛団、第二区幹部嚮導隊、百五十一師政治部、安南華僑服務部等の組織の名が見られる。「誓死収復失地」「実施抗戦建国綱領」「駆逐日本帝国主義」その他無数のスローガンがある。小学生の図画や、書き方の抗日作品が、いたるところに貼りつけてある。青い布に、白い糸で縫いとりした襟章が落ちているので拾ってみると、恵陽県女童軍工とある。

恵州は石甃《いしだたみ》の敷いてあるりっぱな街である。街を抜け、中山公園に出て、本部は図書館に入った。青緑の瓦の屋根の、堂々たる中山記念堂が、公園の中央にあり、入口に、「抗日軍人亡将士記念碑建立基地」と彫った石碑がある。公園は鬱蒼たる樹木におおわれている。井場副官が新聞記者のために、図書館の裏にある小学校を宿舎に指定してくれた。入口の講堂の壁に、国民党旗と、青天白日旗とが、ぶっちがいに貼ってあり、孫文、蔣介石、林森の大きな写真の額が、その下にある。私もいっしょにそこに入った。入るがいなや、私はへたばり、動くのが嫌になった。ここも、昨日まで支那兵の宿舎であったことは、遺棄品で歴然としていた。私たちは、痛い身体を動かし片づけ、寝床をつくった。寝床といっても、板の間に、そこらにあった布を敷いただけである。急にボンボンという音が聞こえた。柱時計が、まだ動いていて、五時をうった。廃墟の中で、動いている振子が、不気味な生物のように感じられた。暦が十三日まで繰ってある。

身体を洗おうというので、中山記念堂の裏の、東江べりに出たが、東江の水は、赤黄色く混濁しているので、あきらめる。すさまじい流れである。百メートルを超える急流を、多くの民船によって、兵隊がドンドン対岸へ渡っている。流れが激しいので、こっちの河岸伝いに、上流まで船を遡らせ、押し出すと、たちまち流されて、斜めに対岸へ流れて行く。上流に高い塔が見える。水浴をあきらめて、公園の方に引き返してくると、広場にたくさん鹵獲品《ろかくひん》が並べてある。機関銃、自動小銃、弾薬箱、鉄兜、戦車砲などで、戦車砲は非常に新しく、優秀なものだが、まだほとんど使っていないのが多かった。その横に数十名の捕虜が繋がれている。腰を結ばれているので、彼らは思い思いに煙草をふかしている。ちょっときどった手つきで燻《くゆ》らし、煙を輪に吹くのもある。彼らはみな褐色の軍服に、膝までしかない半ズボンをはいている。一体われわれが、中支の戦場で遇《あ》った支那兵も、非常に日本人に似て、われわれは、なにか困ったような気持をたびたび味わわされたが、われわれがバイヤス湾上陸以来あった支那兵は、いっそう日本人に似ている。われわれはなにか兄弟喧嘩をしているような、いやな気持を禁ずることができないのである。私はそこを離れた。

日が暮れてから、管理部へ飯をもらいに行った。神原君は、軍医のところへ手の治療を受けにゆき、水足君たちと管理部のくらい炊事場で飯を食った。久しぶりの米の飯である。らっきょうが非常に珍味であった。帰ってきて早目に寝ることにする。私は横になったら動けなくなった。明日は出発しないかも知れないということを聞いて、わずかに安堵した。宮本君が、どこからか、支那人の靴を探し出してきて、小さくて入らないので、かかとの当たるうしろのところを鋏で切っている。大きな鋏である。

「ははあ、それが、例の鋏だな」

と、私がいうと、宮本君は、ちょっとてれたように、顔を赤くした。

「これが、私の命から二番目ですよ。兵隊さんが銃を離さずに戦死するように、私は、この鋏を握って死ねば本望です」

と、なにか、しんみりして、この仕立屋君はいった。帰ってきた神原君が、名誉の負傷をした手を大事そうに抱えながら、

「どこか、そこの先に橋があって、橋の先に、フランス租界があって、アメリカ人がおって、日本軍がバイヤス湾に上陸したことは知っていたが、こんなに速く恵州にやって来ようとは夢にも想わなかった。〝too fast〟といって、驚いていた」

という話をした。ローソクを消して、寝ようとしていると、福日の玉井君がやってきた。途中で少し遅れ、馬淵部隊や、竹下部隊といっしょに、舟艇に乗ってやってきた。途中で、雨に降られたり、豆ができたりして、やり切れぬので、支那人を一人徴発してきたという。蚊が多く、閉口したが、疲れで間もなく眠ってしまった。

十月十六日

身体や足が痛くて動けず、とうとう夕方まで、どこにも出なかった。足は、豆のつぶれたうえに、豆ができ、泥まみれになって、腐ったようになっている。玉井君がつれてきた支那人が、帰してくれといっている。三十くらいの、頭髪を長くした青年だ。言葉が通じないので、筆談をしている。立派な字を書く。

「自分の家には老婆がおって、若い妻は妊娠中でしかも臨月である。店には、だれもいないので、商売ができない。是非、帰りたいから、証明書を書いてほしい」

というのである。

「いま、帰ると、途中に、支那軍の敗残兵が、うろうろしているから危ない、殺される」

と書けば、にやにやと笑って、

「そんなことは絶対にない」

というのだ。馬鹿なことをいいなさんなといっているようにとれる。若干の金と、証明書を書いて渡した。

ように、何もすることもないので、寝ころんだまま、そこらに散乱している古新聞や、昨日、第四路軍の遺棄されていたトラックの中から、拾ってきたものなどをひらいてみる。列記してみよう。

一、恵淡区および恵増間交通、通信破壊区域区分地図、

右肩に、極機密、参（甲）字第9号（禁止張貼）、左下に、陸軍第百五十一師参謀処第一科調製、とある。これは、日本軍の南支攻略作戦に際しての上陸地点ならびに進軍路予想図であって、その進路を阻止するための交通通信網破壊分地図である。日本軍の進攻予想路は赤の矢じるしで示されているが、主力は澳頭港《おうとう》、大鵬に来攻、あるいは平海より東は排角より、西は英領租界を挟んで右は東埔圩、左は宝安県より、というふうに考えていたらしい。主として大きな道路に沿って来るものと予想され、下涌墟などはさして問題にしていなかったようにみえる。謄写版刷り新聞紙大。

二、恵淡区および恵増間主要公路与主要電話電報桟路破壊任務分派表、右肩に極機密、参（甲）第9号（禁示張貼）公路および電報電話綫の名称、負責破壊部隊、破壊起止地点等の各項に分かれ、備考欄に、公路の破壊は主として重要橋梁の爆破に着眼せよ、とか、木橋の壊崩についての注意とその他の数項がある。

三、陸軍第一五一師公積金収支保管暫行簡章、本師各部隊軍費改行実費経理制弁法、本師清餉弁法および虧空罰則暫定逃兵懲奨規則等の規約書類数冊、逃兵懲奨規則の冒頭に、本師が連年募補する新兵は数はなはだ大きいが、補するにしたがい逃亡するものまた多い。かかること

がつづいては影響甚大であるからして、ここに逃風を阻止するため特にこの規則がもうけられた。各級長官はよく戒めて奮励されたい。という断わり書きがある。十四条からなり、一連のうち毎月逃亡士兵五人以上十人以内は該管連排長を申戒処分にする、一連のうち毎月逃亡士兵十人以上十五人以内あるときは該当連排長の月新三十分の一を除罰、士兵が逃げるときに服装、馬匹、器物を携え去った場合には該管長官において弁償、三ヵ月以内に全連に一人の逃亡者もなかった場合には該連排長に各小功一次を記す。等々の項目がある。

四、陸軍第一五一師歩兵第四五三旅第九〇五団九月份経理費支出計算言。同師四五一旅九〇二団一営第一連十月份官兵華名清冊、四五一旅九〇二団現有長扶人数および快食借支日報、これは十月十一日の日付けで終わっている。

五、散乱している新聞記事、多くの新聞は、ことごとく十月十日の双十節を記念する記事を大々的に掲げている。十月十日付恵州民国日報は国慶記念特刊とし、各戦線における「我軍勢如破竹的、教育総崩潰勢」の情況を報告している。「前夜放灯探照沿岸」の見出しの中に下の記事がある。

「大亜湾沿岸をしきりに敵艦が出没している。艘数はさだかでない。八日夜、突如、寇艦が現われて沿岸を探照燈をもって捜索した。効力すこぶる強く、ついで火箭を数次放ち光り明星のごとく、同時に紅緑火玉数個を放った。花火のように見えた。それから数分間、鐘を鳴らした。わが沿海守軍自衛団壮丁隊等厳重に警戒したので外国艦はなんら得るところなく、翌朝に至って悄然として逃げ去った。沿海は安謐《あんひつ》常のごとくである」

六、星島日報は日本必敗論を掲げている。

七、環球報十月十一日付。「蔣委員長双十節告国民書」を大きく出している。漢口戦線の報、「わが軍は敵軍の包囲に成功し徹夜にて攻撃、敵軍全部われに殲滅せられ遺屍は野にあまねく。鹵獲せる武器弾薬は無算、確数はいま精査中である。残敵一小部約二百余人。北方楊坡街道を逃竄《とうざん》した。わが軍は既に有力部隊をもって追撃中、敵軍は強悍善戦したけれども、われの敵ではなく、いまやわが軍のために全部殲滅され、和寇の心理は大いに動揺している」また、「敵の弾薬は消耗してほとんどなくなった」また、「敵軍の傷亡慘重にして、最近、上海において麻袋を多数購入し戦死体をその袋に包み、こっそりと故郷へと運搬した。その第一回は計二十万袋である」等。

八、香港工商日報八月一日付。八段抜きで、「蘇日大戦爆発、日軍襲攻、俄軍佔張鼓峰」の見出しを掲げ、日ソ戦争の勃発を大歓迎している。

九、国華報二十九日付。「敵閣内訌日烈」の見出し。「閣議において、対華中央機関問題にてついに意見対立、宇垣は憤懣のあまり辞職の意を現わした。敵軍部は小磯国昭をもって入閣せしめんとしているもののごとく、前途紛糾拡大し、すこぶる注目されている」とある。

十、その他、無数の宣伝的記事いろいろ。ひろうのが面倒くさくなった。「抗敵画刊」や「炬火」等の画報に描かれている抗日漫画の巧妙にして迫力のあるのには感心した。

夕方になったが身体や足がまだ痛い。日が暮れるころやっと匍い出すようにして起き、管理部に水足君と晩飯をもらいに行った。私たちは暗いランプの下で食事をした。従軍僧もいた。私たちの後ろで、兵隊たちが芋の皮をむきながら大きな声で話をしている。聞くともなく私はそれを聞いていた。それはいろいろな話の後に恵州攻撃談になったか、ふと私は、一人の兵隊の話を聞きとがめた。

「早暁の攻撃でトーチカを占領したときに、ほかの支那兵は皆やられたり、捕虜になったりした。なかに一人、出て来いといってもどうしても出て来ない兵隊がいる。おかしいので入って行ってみると、足を鎖で繋がれていたのでびっくりした。ちょうどそいつのいたところが銃眼になっていて、われわれに向かって、激しい機関銃の猛射を浴びせてきたのは、その兵隊だったのだ。奴は鎖のためにいかなる場合にも逃れる道なく、死物狂いで機関銃を撃ったわけだ。自分は無性に腹が立った。しかし、自分はわれながらおかしいと思ったが、われわれに弾を浴びせたそいつに対してよりも、こいつをそんなふうに鎖でつないだりした指揮官に腹が立ったのだ。自分はそいつが可哀想《かわいそう》でならなくなり、『お前の仇はとってやるよ』といった」

芋の皮をしきりに小刀でむきながら兵隊の語ったのは、そういう話であった。

十月十七日

早朝から東江の濁流を渡る。すさまじい流れなので、兵隊を満載した民船や筏が苦労している。二隻の舟を繋いでつくった筏で馬や車輌が渡る。私たちが土手を下りて行くと、筏の竿を握っている兵隊が、

「人間は向こうじゃ」

という。人間の渡る方にいって舟に乗る。対岸に着くと広々とした砂洲である。砂の音がここちよい。陽が上がって来ると共に、またじりじりした暑さが焼きつけてきた。行軍。道は非常によくなった。歩けそうもないと思っていたが、まがりなりにもどうにか歩けた。左足の捻挫したのが痛い。暑さとともに兵隊はまたも汗にまみれ、歯を食いしばって歩きだした。周囲の山の道は燃えるように陽炎をあげ、黄塵がまき上がる。兵隊は黄粉《きなこ》人形のようになる。

午後二時、湯村《とうそん》着。これはすばらしい豪華版であった。これは山間の温泉であった。しかも、背後には切り立った松のある崖の頂上から飛沫を散らして美しい大きな滝が落ち、低い滝壺が爽快な音を立てて藍青に淀《よど》む水を鳴らしていた。入口に澄雲という立札がかかっているが、澄雲温泉というのかどうかは知らない。温泉宿のような白い洋館建てが数軒あり、湯殿や野天風呂の設備もある。野天の湯槽には真っ青な湯が一杯たまり、手をつけられぬほど熱い。ぐつぐつと沸いている熱泉もある。

この思いがけぬ豪華版に兵隊の喜ぶこと一通りでない。私もさっそく入湯した。洋館建ての中に入ってみると、一人ずつ入れる湯槽がずらりと並んでいる。建物は非常にざつで、板戸をあけて入ると、五尺平方ぐらいの狭い部屋を二つに区切って半分が湯槽になっている。どの浴室も兵隊で満員だ。私の浴室も四人の兵隊で混雑している。湯に浸ると、少しぬるいぐらいである。部屋の感じが便所に入ってるみたいだが、いい気持だ。私は久しぶりに自分の身体を見ておどろいた。全身汗疣《あせも》のために真っ赤な斑点でおおわれている。ちかちかとささるように痛い。足は腐ったようになっている。湯によくつかり、足を石鹼で洗ったが、豆が破れたのがふやけていて痛く、ひどく擦《こす》ることができない。私と同じように汗疣と豆と股ずれのできた兵隊たちが、手拭で赤くなった個所を何度も湯でひたしながら、

「戦争にきて温泉に入れようとは思わなんだの、よく湯灌をしとけや」

などと笑いながら話している。私は温泉水滑洗凝脂、という詩句を思い出したが、これは長恨歌のごとくのどかなものではなく、あわただしい入湯である。浴室の表には兵隊がわんさと詰めかけている。先客である私たちは、せき立てられたようにすぐ出なければならなかった。それでもじつによい気持であった。

久しぶりに早くから宿営地に着いたので、兵隊たちが襯衣《シャツ》や猿股やズボン下などを洗濯して乾かしている。それから今夜の食事のことを相談している。われわれはいよいよ糧秣に欠乏してきた。この付近は驚くべき物資がない。管理部では、毎日やっと当てがい扶持《ぶち》を工面する始末で、まるでその日暮らしである。しかも十分に行きわたらず、今日もまたお粥らしい。

夜はすさまじい蚊に襲撃された。十数人の新聞記者は狭い室に藁を敷いて、重なり合って寝た。彼らはだれもが思い出したように塩酸キューネを取り出して飲んだ。

同盟の堀川君にもらって私も一粒のんだ。この付近の蚊は悪性マラリアだと先刻軍医から注意されたのである。みな頭から外套を被《かぶ》ったり、旗を出して顔を隠したりした。私もそうした。ところが、暑くてしばらくすると汗が流れ出てきて、永くは旗を被ってはいられないのである。用意のよい新聞記者が蚊取り線香を幾本も出してたいた。入口の扉をあけて帰ってきた同盟連絡員

の木村さんが宣伝をはじめた。

「豆のできとる人はおらんですか、おったら切らんですか、私もいま軍医部で切ってもろうた、わけはないですたい、糸を通してヨーチンを入れる、痛くもなんともない、明日の朝になったらすかっとする、豆は治療しとかんといかんですたい、行って切らんですか」

寝転んでいた大朝の末常君や、二、三人むっくりと起き上がり、効能書にひっかかったみたいに、

「切らんつもりやったが、切ってこうかな」

といって跛《びっこ》を引き引き出て行った。

豆は私もいくつもできていたが切らぬことにした。私はかつて豆の治療を受けたことがない。そのくせ、人一倍多くの豆ができ、人一倍苦しんできた。私は足を滅茶苦茶に虐待し、しとおすことでやってきた。無精のせいもあったに違いないが、私は木村さんの巧妙なる宣伝にもかかわらず、豆だらけの足を横たえたまま動かなかった。蚊がしかし無精な私を何回も動かした。蚊取り線香でいくらか減ったようであったが、それでもどうにもやりきれず、私はたびたび部屋から外に出た。外は暗く、空は一面に燦《きら》めく星におおわれていた。まっ白い銀河がはっきりと仰ぎみられた。兵隊は、あっちこっちの草原や樹の下に露営をしているらしく、黙々と煙草の赤い火が光り、かすかな話し声が聞こえた。虫がしきりに鳴いていた。私は部屋に帰ってまた仰向けになった。すぐ頭の上に窓があって、そこから四角に切り取られて星のある空が見えた。その狭い四角の中に明滅している星を見ていると、さっき表で仰いだときには感じられなかった不思議な寂寥がひしひしと感じられ、はげしい郷愁が次第に私の胸をつつんできた。

十月十八日
下弦《かげん》の月と星の明かりの下を進軍。午前三時であるにもかかわらず、風がまったくないので、むしむしと暑い。汗が出て来る。夜が明ける。道はよくなったがたいへんな埃《ほこり》である。道いっぱいに溢れ、黄塵の中を流れるように行軍してゆく。それは歩いているという感じではない。兵隊の淋漓《りんり》と流れる熱い汗に濡れた顔は憤怒の表情に漲り、重々しい軍靴の音を立てて、とどめようのない激しい濁流のように、進軍してゆく。飛行機がしきりに旋回し、爆撃の音が前方の山の向こうで轟いている。前線は敵と衝突しているらしい。

午後三時、湖潭碧《こたんへき》。なにかの市の立っていたような建物が数軒ある。周囲は山にかこまれ、道路を挟んだ一帯は、房々と穂をたれた稲田が山の麓までつづいている。刈り取る主はどこにもみえない。

各隊の命令受領者を集めて、水野中佐が爾後《じご》作戦についての命令を達している。上陸以来ほとんど睡眠をとらないと思われる水野中佐は、少しく頬がこけたと思われるけれども、その声は少しも疲れを知らぬもののごとく底力があり、威厳に満ちている。

野原大尉が発表をするというので、新聞記者を集める。

戦況第一、十六日午後三時には恵州を奪取せる野副部隊、松田騎兵部隊は博羅を占領、敵はほとんど抵抗することなく退却した。

第二、小池部隊倉茂隊は水図仔付近にて石竜方面に対し隊勢をとり、広九鉄道に脅威をあたえた。騎兵一個小隊は敵五、六百と遭遇、これを殲滅した。

第三、東江北岸地区に集結前進せる野副部隊、吉村部隊、小池部隊は先遣隊となり、十七日前進開始、十八日には博羅西方二十キロ沙河の線に進出、途中、福田虚付近にて約五百の敗敵を撃滅、本夕刻には増城東側高地に進出するものと判断す。

第四、敵百五十一師はまったくの潰乱状態にあり、退路はまったく不明、蔣介石は周章の果て、五万の援兵を送ると称している。

第五、昨日は飛行機に爆弾の代わりに米◯◯俵と罐詰◯◯個を搭載投下ありたしと電報した。

第六、海軍飛行機の活躍は実に感謝すべく立派である。


命令受領が終わった後で、各隊の受領者たちが食糧の欠乏について話している。どの部隊も、物資にはまったく困しているようすである。ほとんど何も食べずに水ばかり飲んで歩いている部隊もある。ある部隊は甘藷《かんしょ》や芋が主食物である。一人の曹長が、机の上に籾を四、五粒のせ、茶筅《ちゃせん》のような竹の板を出して、それでごりごり籾を押し潰す実験をしながら講習している。

「部落に行くと、こんなものをよく見るのです。はじめはなんだかわからなかったんですが、やっとこれはこうして籾を落とすものだと知ったのです。稲を刈ってきて、籾をこうやって七、八へん擦りますと玄米になります。私の部隊では、こうして少しずつ食糧を得る工夫をしました。玄米のお粥もええもんですよ。部落に入って、あったらやってごらんなさい」

と、いう。

命令受領に護衛でついてきていた木原隊の植村上等兵に会った。

私の原隊の兵隊である。私の原隊である竹下部隊は、澳頭港から下涌墟に渡る間に上陸し、淡水攻撃で激戦をしたという。

「えらい目にあいましたよ」

と、その折りの状況を彼は話し、戦友であった内田軍曹が負傷したことや、山本伍長が戦死したことを、私に告げた。それから、竹下部隊はもうすぐにここを通過するはずだといった。私は乗船以来、一度も私の原隊に会わない。私は痛い足を引きずって道路わきに出た。道には炎熱の太陽が照りつけ、もえる陽炎の中を、点々と兵隊が埃を蹴立てて過ぎて行った。しばらく待っていると、黄塵におおわれた道の果てから、押し出されるように部隊の先頭が見えてきた。部隊はまき上がる埃の中に影絵のように霞み、しだいに近づいてきた。つぎつぎに黄粉人形のようになった兵隊たちが私の前を過ぎて行った。それらの兵隊たちの疲労した姿と、そのすさまじいばかりの克服の表情とに、私は胸が痛かった。彼らの足はほとんど地を引きずらんばかりである。やがて私の待っていた兵隊たちがやってきた。かつて私の分隊員であったそれらの兵隊も、私を見つけた。戸成上等兵や甲斐一等兵の顔が見え、つぎつぎにみなの顔も見えた。伸び放題の髭にまっ黄色の埃がつき、みなひどく痩せたように見えた。

「みな元気か」

と私は一言いったきり、胸が迫ってきてなんにもいえなかった。班長、と兵隊はいい、彼らもなんにもいわなかった。短い一言が無限の感慨をもって私の胸にふれた。私は溢れてくる涙を押えることができなかった。部隊は埃をあげて私の前を過ぎて行った。私の兵隊たちも後ろを何度も振り返りながら、私の前を過ぎ、部隊とともに埃の道を去ってしまった。私は、流れのごとく過ぎて行った部隊の後を、しばらく茫然となったように見送って立っていた。

日が暮れた。私たちは草原に出て飯盒炊爨《すいさん》をした。今日もお粥である。水足君が痛い足を引きずりながら雛を追っかけ回し、二羽を得た。

付近にあった葱《ねぎ》を取ってきて塩汁にした。これは非常にうまかった。大朝の末常君が青い蜜柑を一つくれたが、これもなかなか美味だった。

金子軍曹がこれを寄贈しましょうといって、毛をむいた鶏を一羽持ってきてくれた。夜の中に炊爨の赤い火が、山に囲まれた一帯に点々と見える。われわれはその辺を探し回り、今宵の臥床《ふしど》のために芭蕉の葉の枯れたのを集めてきた。

十月十九日

午前五時、トラックにて出発。われわれは情報収集のために先行するのである。新聞記者を全部のせた。ことごとく足を痛めていた連中は大いに喜んだ。軽機関銃を持った護衛の兵隊が乗り込む。

十数台の自動車はやがて、まだ明けぬ暗黒の中を疾走しだした。風が当たって少しく寒い。少し走っていると、すでに早朝出発を開始した部隊が前方に見えてきた。トラックが近づくと、道の両側をえんえんとして兵隊が歩いて行く。前燈《ヘッドライト》の光の中に浮きだす。

昨日、あんなにも疲労したようすで遅くまで歩いていた兵隊は、今朝はもうこんなに早く前進をはじめているのである。自動車がまき上げる埃をがぶり、彼らは顔をしかめる。私たちの自動車の上は真っ暗で顔は見えないが、なにか気の毒で顔をそむけたい気がする。やがて、多くの部隊を追い越しているうちに、照らされた前燈の光の中に、私は、昨日会った私の兵隊の姿を見た。彼らは道の両側に疲れたように仰向けになり、休憩をしていた。私は声をかけることがはばかられ、

「元気で行ってくれ、広東でゆっくり会おう」

と心の中でいった。

自動車隊がどこまでもえんえんとつづいて、歩いている兵隊を、やっと追い抜いたときに、しらじらと夜が明けてきた。まったく雲がなく、青空に沁みこむように、空の東が茜色《あかねいろ》に染まっている。絵葉書のような黎明である。

茜色がしだいに拭い去られて、きらきらと昇ってくる太陽の輝きが山の稜線にのぞまれたとき、私たちのトラックは、坂に立っていた一人の兵隊のために止められた。

「この前に敵がいる」

と、その兵隊はいった。銃声が二発つづけさまに聞こえた。しばらくしいんとしていたが、突然、軽機関銃の音が起こった。

やれやれ、何かいるのか、といいながら、護衛の兵隊が不精たらしく軽機関銃をかついで、私たちにちょっと微笑を投げ、降りて行った。護衛兵は山崎隊の西田軍曹以下六名である。しばら

く銃声がしていたが間もなく止んだ。兵隊は、敗残兵ですよ、もう逃げてしもうた、といって帰ってきた。自動車が動き出そうとしたとき、また銃声が起こった。

「まだいやがるな、せからしい奴じゃ」

と西田軍曹はいって、兵隊はまた不精たらしいようすで降りて行った。トラックは動き出して稜線を越えた。すると、たちまち私たちを弾丸が見舞ってきた。私たちの自動車隊は稜線を越えたまま、道路上に動けなくなってしまった。私たちはみな自動車から降りた。前方の銃声はしだいにはげしくなってきた。野原大尉が、

「敗残兵にしては頑強すぎるな、少し前に出すぎたかな」

といった。

「あそこに敵が見えます」

と西村運転手が左手を指さした。

道路の左手は水田になっていて、五百メートルばかり先に丘があり、灌木が茂っているが、その間にちらちらと黒い影が見えた。その先にいくつもある丘の上にも走り動く影があった。遠くの稲田の中を、丘から丘へ小さい影がいくつも駆け過ぎた。一番近くの丘に隠見する影に見当をつけて、私は膝撃ちの姿勢で小銃を放った。

「当たったか」

と野原大尉がいった。

「わかりません」

と私は答えた。私はつづけさまに四、五発撃った。隠見していた影は顔を出さなくなったが、当たったのかどうかはまったくわからなかった。すると、左斜めの方から突然私たちに向かって弾丸が飛んできはじめた。左横からも飛んできた。トラックに激しい音を立てて何発もあたった。私たちは道路の右脇にあるくぼみに伏せた。前方は丘陵になっていて、ことに私たちの伏せたところは切り通しのような赭土の土堤があるので、すさまじい弾丸が唸《うな》りを生じて、私たちの頭上をつづけさまに過ぎるけれども、前方からの敵弾には危険はない。

私たちの自動車隊の前には戦車隊段列のトラックが止まっている。前方の丘陵で応戦しているのは戦車隊の兵隊である。戦車はすでにずっと前に出てしまったらしく、段列がそれに追及するために前進していたところを敵と遭遇したらしい。つまり、数台の戦車は敵中に深く入りこみ、まったく本隊と連絡が断たれてしまったわけだ。

銃声はますます激しくなってきた。前方ばかりに聞こえておった銃声は、右にも聞こえはじめ、左からもわれわれのいるところへ弾丸がはげしく飛んできた。

私たちは最初は敗残兵だと思った敵が、けっしてそうではなく、それどころかはなはだ有力なる大部隊であって、しかも、われわれは敵の包囲の中に挾み撃ちになりつつあるということに、次第に気がついてきた。私たちは道路わきの凹地《くぼち》から動けなかった。歩兵部隊の先頭がやがて到着するであろうけれども、自動車は部隊を追い越して相当の距離走ったようである。それまでなんとか頑張っていなければならなかった。

新聞記者たちは、私たちの後ろの土堤の蔭にうずくまっていた。水足君だけが私たちと同じところにいた。私たちのところには森一等兵もいた。左手の森林の上を掠めるように、小鳥が敵の方に飛んでゆくのが見えた。数えてみると十一羽いた。

野原大尉は金子軍曹を後方に連絡のため帰した。金子軍曹は、命を受けると弾丸の間隙《すき》をねらっていたが、軍刀の鞘を右手でしっかりと握り、後方に向かって駆け出した。見ていると、無事に丘陵を越えて見えなくなった。

前方から兵隊が担架をかついで下がってきた。担架は弾丸を避けて私たちの前に下ろされた。左前方からくる弾丸が私たちの頭上を低く掠めるので、われわれは腹這ったまま首を上げられなかった。担架に乗せられた兵隊は鉄兜の上から頭を貫通されている。担架は血にまみれ、負傷者はすでにまったく人事不省である。

折りよくわれわれのそばに伏せていた軍医部の梅崎軍曹が、腹這ったまま、負傷者の胸をはだけ、カンフル注射をした。

「どうだ、助かるか」

と野原大尉がいった。

「駄目です」

と梅崎軍曹は答えた。負傷者はかすかな唸《うめ》き声を立てて呼吸をつづけた。

「どうしたのだ、やられたんじゃないのか」

と梅崎軍曹が驚いたように声をかけたので、私たちも振り返った。

さっき担架をかついできた兵隊であった。

「なにたいしたことはないです」

と、その子供のような赤い頬をした若い兵隊は、左肱を押えながら答えた。

「大したことないもあるか、こっちへ来なさい」

と梅崎軍曹は怒ったようにいった。若い兵隊が這ってくると、梅崎軍曹は雑嚢からガーゼと繃帯を出して結んでやった。

「駄目でしょうか」

とその兵隊は自分はどうでもよいというような口調で、喘鳴《ぜんめい》をつづけている戦友を見ていった。

「残念だが、頭だから方法がない、水を飲ましてやんなさい」

と梅崎軍曹はいった。若い兵隊は水筒から戦友の口の中に水を流しこんだ。水はいったん口に入ったが、負傷者が咳《せ》き上げたので口から溢れ出た。負傷者はもはやまったく意識を失って、なんにもわからないようすであった。若い兵隊は戦友の腕をつかんで、じっと、次第に息を引き取ってゆく友だちの顔を見つめていた。野原大尉が、

「可哀そうなことをした、名前は何というか」

と若い兵隊にたずねた。

「田中勲上等兵です」

とその兵隊は答え、眼に涙を光らせて顔を伏せた。毛布を田中上等兵の上にかぶせた。そういう間も弾丸はしきりにわれわれの横を過ぎた。

後方から急にけたたましい鉄蹄のひびきが起こり、軍馬が一頭駆け出してきた。私たちのすぐ

後にいた兵隊が飛び出して行って、必死にその手綱をつかんでやっと引き止めた。馬ははげしく呼吸をしていたが、見ると下腹部はまっ赤に血にまみれていた。兵隊はその馬を曳いて後ろの土堤の蔭に入った。馬の倒れる音がした。私のいるところからは見えなくなったが、話し声や、馬の荒い呼吸が聞こえ、弾丸で腹部を撃たれた軍馬は、やがて絶命したようすであった。するとまた、後方から入り乱れる馬蹄のひびきが起こり、今度は五、六頭の軍馬が、鞍をつけたまま、狂ったごとく疾走して、私たちのそばを通り、弾丸の来る中を敵の方へどんどん駆け去ってしまった。点々と黄塵の道路に赤い血の痕が残った。

道路と左手の丘陵との間にある稲田に、弾丸がいくつも落ちて小さい水煙をあげた。青い穂の波の上に飛沫がぱっぱっぱっと上がる。

「海戦のようだね」

と野原大尉がいった。すると、突然五百メートルばかり先の水田に、ぱっと高く水煙が立ったと思うと、だあんと大きな音が響いた。今度は同じ近くの丘陵の上に、黒い煙がまき上がった。敵が迫撃砲を撃ちはじめた。また、百メートルばかり先の稲田に落ちてすさまじい水煙を上げた。

私たちは少し不安になってきた。すると、右手の丘陵の向こうにあたって重機関銃の音が起こった。それは友軍のものであった。左手の後方からも重機の音がしはじめた。

金子軍曹が弾丸の中を息を切らして帰ってきた。さっきからの銃声と、金子軍曹の報告とによって、私たちは、到着した友軍の先頭が攻撃を開始したことを知った。

やがて、だだあんという音が私たちの耳をつんざき、私たちの真上の空気を破りながら砲弾が飛んでいった。三百メートルばかり私たちの後方の丘陵から、友軍の砲撃がはじまった。数門の山砲から連続的に砲弾が撃ち出された。敵の迫撃砲弾もつづけさまに落下した。機関銃の音がはげしく入り乱れた。飛行機が数台飛んできた。すさまじい壮烈な音の交錯である。

われわれは、もはや危地を脱したという感を抱いたけれども、なお弾丸のためにそこを動くことができなかった。かつ、迫撃砲弾に対しては不安が去らなかった。迫撃砲弾は近くなったり遠くなったりして、つぎつぎに落下してきた。

太陽は酷熱の暑さで照りつけてきた。私たちのすぐ後でまた一人の将校が撃たれた。さっき若い兵隊が撃たれたと同じ場所である。そこは敵からの弾道になっている。小坂部隊の蘆田中尉だ。膝関節を貫通され、片脚で飛びながら土堤の蔭に入った。後方からがらがらと車輌の音がして、速射砲がやってきた。兵隊はいっさんに砲を引っぱって駆けて来て、私たちの少し先の稜線の上に砲を据えた。弾薬手が私たちのすぐそばに弾薬箱を抱えて伏せた。藤里大尉が砲のそばに膝で立ち、落ちついた声で目標をあたえ、

「撃て」

と号令した。爽快な音が轟き、煙がまき起こった。左右に聞こえていた機関銃の音が次第に前進をはじめているのが聞こえた。やがて左手に見える遥かな稲田の中を、友軍の兵隊が駆けて行くのが見えた。

そこは最初われわれが敵兵の姿を見たところである。前方から引き返してきた兵隊が、

「敵がどんどん逃げよる、まっ黒になって逃げだした。何千いるかわからん、あんなに仰山《ぎょうさん》か

たまって逃げるのははじめて見た」

と報告した。次第に砲声と銃声とが少なくなってきた。私たちの方に注がれていた弾丸もまったく来なくなった。腹這いになっていたわれわれも、やっと起き上がって坐った。

時計を見ると十二時近くである。後方の丘陵に友軍の兵隊が姿を現わし、斜面を越え、われわれの横を通ってどんどん前進して行った。やがてまったく銃声が絶えた。いままで弾丸の飛び交うていた戦場であったところを、何事もなかったように兵隊や軍馬がぞろぞろと溢れ、ふたたび黄塵をまき上げながら進んで行きはじめた。私たちは腹の減っているのを思い出し、飯盒を取り出して飯を食った。冷たくなった芋の煮たのがおいしかった。

私たちのいた後ろの土堤に馬が一頭死んでいた。田中上等兵の戦死体は戦友によって運ばれて行った。さっきの戦闘では、やはり相当の戦死傷者があったのである。野原大尉は私に、

「われわれ軍人は仕方がないが、新聞記者を殺したと思い心配した、無事でよかった」

と語った。トラックはもとより、どの自動車もみな弾丸を受けていたが、使用に耐えなくなった車は幸いにもなかった。ふたたびトラックに乗り、私たちは出発した。最前線に出て戦闘していた護衛兵の西田軍曹と兵隊とが帰ってきた。

「だれも怪我はしなかったらしい。千五百発ばかり撃ち散らしてやりましたよ」

といいながら、柔和な表情の軽機関銃手は、埃だらけの顔にちょっと微笑をたたえ、不精たらしくトラックに乗ると、もううつらうつらと居眠りをはじめた。

兵隊は道いっぱいに溢れ、黄塵の中を歩いてゆく。炎天の下を、例のごとくあまりかんばしく

ない足取りで、汗に濡れ、歯を喰いしばって歩いてゆく。それを眺めながら、私は不思議な錯覚に捕われた。このへとへとになりながら歩いてゆく兵隊が、敵と遭遇したときに、どうして戦闘ができるだろうかと思われるからである。

これらの兵隊は歩いているだけがやっとではないか。その歩くのさえもいまにも倒れんばかりの様子ではないか。しかしながら、われわれの兵隊は大亜湾《バイアス》からここまでただ歩くばかりで来たのではない。各要所要所には敵が頑張っていた。相当に堅固な陣地があった。それらの陣地は、つぎつぎに奪取されていった。では、だれがいったい戦闘をしたのか。やはりいまのこの道をへとへとになって歩いている兵隊がやったのだ。

炎熱の行軍で倒れんばかりになって、足を引きずりながら歩いたこれら同じ兵隊がやったのだ。数時間前の勇敢な戦闘も、これらの兵隊によって行なわれた。私は、私の錯覚を恥じる。私はこれらの歩く兵隊に、もの恐ろしさを感じる。私ははげしく胸をうたれ、瞼が熱くなってくる。また、この道に溢れて進軍してゆく軍隊の姿は、祖国の水門から切って落とされた一つの奔流のごとくに見える。止まるところを知らない流れのごとくに見える。この流れを解明することは兵隊の任務ではない。その流れとなることが兵隊の精神である。私の頬を涙が流れてきた。

橋梁がいたるところ破壊されているので自動車隊の前進がはかどらない。兵隊はどんどん河を渡って進んで行く。水を積んだトラックが何台もいる。これは濾過消毒した浄水だ。大勢兵隊がポンプの口に集まり、水筒に入れてもらっている。おいしそうに飲む。

「ありがとう」

といい、また歩き出す。私たちもその水をもらって飲んだ。小さなクリークの橋梁はすぐに修復ができたが、大きな川の橋はすぐにはなおらない。

私たちは修理のできあがるのを待つ。山田（栄）部隊の工兵がしきりに架橋を急ぐ。工兵も大変だと思った。さっきの戦闘でできた戦死者を担架でかついで行く。森の中で火葬に付せられた。

私たちはそれに敬礼した。経を読むために従軍僧が森の中に入って行った。同盟の堀川君が話す。

「さっきあそこでね、弾丸がどんどん来たでしょう、そしたらね、従軍僧の一人が驚いて逃げるのですよ」

堀川君の話で、私は、その従軍僧が、船にいるときに、兵隊に修養の話を聞かせたいといった男であることを知った。私は嘉善の弾丸の中で泰然としていた僧侶藤田啓龍一等兵のことをひょっくり思いだした。

まっ赤な身体の蜻蛉《とんぼ》が無数に飛んでいる、流れの中に鮠《はや》に似た魚が幾匹も泳いでいる。

「広東に行ったら、ゆっくり魚でも取って食おうや、魚じゃないよ、まるきり俺たちは兵糧攻めになったんだから、広東に入ったら、広東料理を腹のはち切れるほど食ってやろう」

などと兵隊が話している。岸には昼顔が咲きみだれ、椿に似た真っ赤な花のある木が一本ある。

私は空の青さに眼を惹かれた。周囲は山ばかりだが、山の向こうに空があるというよりも、空の中に山があるように見える。空気が青いように見える。照りつけてくる太陽の灼けつく暑さには挨拶のしようがない。

焼かれた橋を完全にトラックの通るようにするには二時間もかかるというので、私たちは歩くことにした。午後四時を過ぎている。焼け落ちた橋の横につくられた一本橋を渡って行く。下はきれいな流れである。すると橋を渡ったところが、今日の予定地であった連和墟であった。○○部隊長はじめ、本部はみなそこで休憩している。野原大尉もいる。私が新聞記者とゆくと、野原大尉はわれわれに話した。

「午前中われわれが遭遇したのは敗残兵どころではなかった。あそこは福田城東方の五子洞というところだが、あれは石竜方面から増援にやってきた広東軍中もっとも精鋭なる百五十三師なのだ。敵は西南方に逃げたらしい」

午前十時、小池部隊、野副部隊、西村部隊は、増城東方に進出してきた敵を撃破し、それに膚接して増城に突入した。敵は広東防衛のマジノ・ラインといわれる増城西方高地にある既設陣地において、予期のごとき頑強なる抵抗をなし得ざるものと判断される。そこで本隊は右側に迂回する方針を変更し、主力をもって断乎として中央突破をする決心である。それから今日はこの連和墟宿営のはずであったが、戦況が進捗したので周塘《しゅうとう》まで進出する。

私は歩き出しながら、ふたたび驚く気持に満たされていた。それは、もはや増城が落ちたということについてである。それはかくのごとくも神速なる攻撃が、同じようにこれらのへとへとの兵隊によってなされたからである。

二里ばかり歩いて周塘着。小さな部落である。小学校に本部がある。このへんの部落はどんな小さな村でもたいていい小学校がある。そうして抗日教育が行なわれていたことが歴然としている。

いっしょに来た水足君と広場にへたばってしまった。水足君が地図を拡げて、
「このごろでは歩いただけ、地図の上に赤線を引くことだけが楽しみになったよ」
という。広場に繋がれた多くの軍馬がしきりに草を食《は》んでいる。馬の小さく痩せているのが痛々しく眼に立つ。日が暮れた。どの家の扉にも悪虫よけの禁札《まじない》が貼ってある。管理部の兵隊にまじって、芋の皮をむいたり、菜っ葉をむしったりする。今日も米があまりないらしい。

十月二十日

暗闇の中をつくような山道を越える。からからと車輛が果てしなくつづいて登ってゆく。夜の空気に馬の蹄《ひづめ》がかん高く響く。足を引きずりながら増城に到着したのは夜のひき明けである。道路上や土堤や畠の中には、無数の兵隊と馬と車輛と自動車とが溢れ、混雑をきわめている。橋梁が破壊されているらしい。焚火に飯盒をかけて炊爨《すいさん》をしている兵隊もある。多くの兵隊が思い思いの場所に倒れ、休憩している。また多くの兵隊は道路わきや土堤の上に、棒のように身体を投げ出し、泥のごとく眠っている。

私たちは無残に破壊されている家屋の間に密集している兵隊をかきわけてゆく。なかなか思うように前に出られない。いたるところに縄張りがしてあって白い布片《ぬのきれ》が結びつけてある。地雷火の標識だ。付近の家屋は地雷のために爆破されたものらしく、微塵に粉砕されてまったく瓦礫と化している。増城突入の際には、敵の砲弾と地雷のために戦死傷がだいぶ出たということである。それから敵はこの付近の井戸や池の中に毒物を投じていたらしく、戦闘の間、咽喉のかわいた兵

隊が水を飲み、二人即死したということであった。

密集した兵隊はなかなかはかどらず、ごく少しずつすすむ。やっと増江の岸に出た。立派な鉄筋の橋が中央から折れ、河の中に没している。綱を伝わったり、梯子を登ったり、壊れた橋脚の上を飛び移ったりして、やっと渡る。増江は美しい水を、きらきらと光らせながら流れている。橋畔に大きな望楼があるのが二つに割れ、そのへんが増城の繁華街であろうと思われるところは、ことごとく惨憺たる廃墟と化している。爆撃の跡と思われる。その間を抜けて、本部の上がっている北側の高地に出た。急な坂をのぼる。土堤に一面に朝顔が咲いている。

私のそばを同じように登って行く将校がいて、見ると、平田部隊の佐藤少尉だった。杭州の軍報道部にいた人だ。向こうもおどろき、私が、

「痩せたですね」

というと、

「あんたも痩せた」

といった。

「これから総攻撃がはじまるので、砲兵陣地の観測にゆくのだ」

と佐藤少尉はいった。後から上がってくる兵隊が竜眼をくれた。茘枝《れいし》を干したようなものだ。非常に甘く、まったく糖分などにありつかなかった舌にとろけるようにおいしかった。

頂上には何ヵ所も観測鏡が据えられている。○○部隊長をはじめ、幕僚が前方を凝視している。この切り立った丘陵の根元から、見わたすかぎり広々と黄金色の稲田がひらけ、はるかに尽きる

ところから這い上がるように高地になっていて、凹凸のはげしい一連の山脈が横に長々とつらなっている。山にはあまり樹木が見られず、一面に雑草におおわれたように茶褐色に見える。増城の町からまっすぐに稲田を縫い、山脈の中に一本の道が、白く帯のように突き抜けている。

前方の高地や山脈には敵の堅固な陣地があり、相当の大部隊がいるのである。この陣地がいわゆる広東防衛のマジノ・ラインと称せられるものであって、最精鋭な敵の機械化部隊もその中にまじっているものと想像された。しかしながら、ここから見ると、それらのものはなんにも見られず、ただ黄金の波をただよわしてゆらぐ広い稲の海と、山脈と、青い空とが見られるばかりである。

高地の根に少しばかり密生している樹木の上を、ひらひらと白い紙片が舞うように、なにかの鳥が一羽飛び、高く上がったり、樹林の中に見えなくなったりする。しきりにどこかで小鳥の啼《な》く声がしている。振り返ってみると、しだいに上がってきた太陽に、増江の流れが小さな銀の粒になってきらきらとたえまなく光っている。山の間に白い霞が綿のようにかぶさり、小鳥の声はその霞の奥から聞こえてくる。山の肌に霞を突き抜けた太陽の光線が、縞のように模様をこしらえている。

われわれの足元の雑草のなかでは、虫がしきりに鳴いている。すべてがすがすがしく美しい朝の風景である。何万という敵がいるという山脈にも陽がさしかけ、さっきから飛んでいる一羽の白い鳥のみが、ひらひらと見られるばかりである。それが気になり、鷺《さぎ》だろうか、鶴だろうか、と私は、ともすれば山脈の茶褐色のなかに消えて、見失いそうになるその鳥を見失うまいと、瞳をこらし、そんなことを考えたりする。

　突然、背後で轟然と砲声が起こった。つづいて数発が一斉に火ぶたを切った。すぐそばである。鋭く朝の空気を顫《ふる》わせて、耳を破るばかりだ。ここから見えないところからも撃ちはじめた砲声が聞かれた。周囲の山にすさまじく谺《こだま》して鳴りわたる。機関銃の音もしはじめた。前方の高地や山の肌に、突然、引き裂かれたように黒煙が上がり、土の捲き上がるのが見える。しばらく砲声と機関銃声とが交錯した。

　突然、近くに砲弾が落下する。稲田の海にすさまじい水煙が上がる。敵の重砲弾である。われわれは敵陣地から看破されないために、丘陵の上に姿勢を低くした。ひゅうんと細い音を立てて小銃弾が飛んでくる。しばらくすると、点々と稲田の中を過ぎてゆく兵隊の頭が見えた。

　右も左も中央も、稲田の海の魚のように高地の方へ進んでゆく。ふっと稲田の中に消えたり、また現われたりしてだんだん高地脚へ近づいてゆく。

　やがて、高地に点々と這い上がった兵隊の影が見えはじめた。ぱらぱらと蟻のように高地を上がってゆく。

　私は胸のつまる思いをしながら、草をつかんで凝視していた。私はまたしても、いま、はるかな前方に果敢な突撃を決行している兵隊が、さっきまで増城の町にごたごたと混雑し、疲労しきった顔をし、泥のごとく路傍に眠り、重そうに背嚢をはね上げながら、痛い足を引きずりながら歩いていた、その同じ兵隊であることにおどろきはじめたのだ。

　私はなにか崇厳きわまる恐ろしいものでも見ているように胸が痛く、私の身内にもたぎり立つ勇気がわいてくるのを感じた。飛行機が数台飛んで来て、山地の上を旋回しはじめた。どの高地にも上ってゆく兵隊の姿があった。中にばったりと倒れたように動かなくなるのもあった。駆け登ってゆく兵隊のまん中に、土煙をあげていくつも砲弾が落ちた。突撃の中につぎつぎに犠牲者のできていくのが見られた。

私のいる丘陵では、兵隊が観測鏡にかじりついて、いちいち戦況を報告している。

「イの高地にも友軍が上りました、ハの高地は完全に友軍が占領したようであります、隘路口に敵の砲兵陣地のあるのが見えます。二つ、三つ、です」

「畜生、敵の観測所も味なことをしやがるな、友軍の中にどんどん迫撃砲を落としやがる」

と夢中に怒鳴っている。報告にしたがって射程が延伸される。

隊長が、

「ロの方向をよく注意して、友軍の出るところをよく見とれ」

という。

機関銃の音がはげしく交錯する。友軍が進出したために、あまりこっちから大砲を撃つことができなくなった。飛行機が唸るような爆音をたてて急降下し、しきりに爆撃をしている。山間なので弾着はわからない。ただあんという音ばかりが山に谺して転がるように伝わってくる。観測鏡をのぞいている兵隊は、なおも声をはずませたように報告をつづける。

「本道から以南の地区を敵が退却しはじめました、イの高地の右の山に着剣した銃を持った敵がだいぶんおります、ぶらぶら歩いている奴がおります、少しは田圃の中に入りました、山越しして逃げる奴もおります、友軍の戦車が右側に回りました、やあ、逃げとる、逃げとる、ぱさり逃げよります、どんどん逃げとります、おや何かぶら下げて白い服を着た奴がいるぞ、蜜柑畑の中だ、一人は銃を藪の中においた、かがんだ、また銃をとった、何をしたのかな、糞でもたれやがったかな、四人になった、また後ろかえりよる、じいっと止まってなにか待っている、山を降りだした、あんがい悠々と逃げやがるな、とんことんこ逃げ行きやがる、あ、倒れた、ざまみやがれ、友軍が出てきたぞ、敵の野郎あわくって走りだしたぞ、追っかけだした、行け行け、突き殺してしまえ」

私たちは、とうとう笑いだしてしまった。そばに立っていた隊長も笑いだした。気がついた観測鏡の兵隊も笑いだし、

「友軍の突撃によって、敵は算を乱して全面的に退却を開始したようであります」

と急にあらたまって告げた。なお銃声は絶えず、われわれの高地にも思いだしたように流弾が飛んできたが、攻撃は成功したようである。どの高地にも黒く蟻のように日本の兵隊の姿があふれ、さっきまではまったく人影がなく、白く帯のように伸びていた道の上を、戦車を先頭にして進みだした兵隊や馬の姿が見えはじめた。川のように静かであった道路をもうもうと黄塵がたちのぼり、車の音がひびき、その煙の中を追撃の進軍がはじめられた。

私たちの丘陵は寒かった。上って来た太陽は刺すような光線を投げてくるのに、風が妙に冷たかった。増江の水は相変わらず清冽にきらきらと光り、山々には小鳥がしきりに啼いている。われわれの足もとには朝顔と真っ赤な椿のような花弁をつけた条中花が、一面に咲き乱れていた。

私はふっと、前方の高地の上を、さっきから忘れていた白い鳥がひらひらと同じ姿勢で飛んでいるのを見て、異様な感懐にうたれた。風が冷たいので背中を太陽に当てた。ほかほかと暖かくなってきた。向こうの丘の斜面を、捕虜を縛った兵隊が、右向け右、前へ進め、など号令をかけながら降りていった。

東日の佐々木君が丘の斜面に上がってきた。佐々木君とは輸送船でいっしょであったが、上陸直後、下涌墟で別れたきりである。髯と埃とに黄色くなり、見違えるようになっている。

「やあ、どうした」

と私が声をかけると、なんとか返事をしながら近づいてきて、不思議そうに私の顔を覗《のぞ》きこんだ。変なことをすると思っていると、

「顔が変わってしまっているので、わからなかった」

という。いろいろ別れて以来の話をした。大朝の末常君などと雑談しながら、飯盒をあけて朝食をした。昨夜つめたお粥のような飯は冷たくぼろぼろになっていて、水でかきこんでもたくさんは食えなかった。

追撃前進のため本部が出発するので、われわれも山を降りた。また佐藤少尉に会った。

「撃った、撃った」

といって、この砲兵少尉は痛快そうに笑った。廃墟の街を抜けて本道に出た。もうもうたる埃である。蜿蜒と兵隊が進軍してゆく。私もその中にまじって歩いた。相変わらず足が痛い。やがて、また酷熱の暑さになってきた。水がないが、この付近の水は、敵が毒物を投入しているとい

うので、はなはだ物騒《ぶっそう》である。しかし、どうにもやりきれないので、稲田の横にある水溜まりに降りていった。

私より先に、兵隊がたくさん降りていて、水筒に水を汲み、がぶがぶ飲んでいたからである。水溜まりはきれいに澄んでいて、めだかが列をつくって泳いでいるので、私も安心し、水筒に汲んで飲んだ。道路に上がると同盟の堀川君がいるのでいっしょに歩く。ときどき休憩し、付近の甘蔗畑に飛びこんで甘蔗を切ってくる。私たちはむさぼるように、その甘い液汁をしゃぶった。

前方で機関銃の音がはげしくしはじめた。埃の中をしばらく歩いていくと、前方の道路を挟んで隘路のようになった谷間を先頭にして、部隊が全部とまっている。敵が隘路から出てくるところを狙撃しているらしい。

山砲の音が轟いた。道路の上には車輛や馬やトラックが混雑して止まっている。流弾がしきりに飛んでくる。

私たちは道路の斜面に降りて待った。私たちの前をいくつも担架が運ばれていった。さっきの戦闘でできた犠牲者である。白い繃帯の上に滲み出た血の色が痛々しく見られた。戦死者がはこぼれて行くたびに、私は敬礼をした。

私はそうしてさっき、遠い丘陵の上から、まるで高見の見物のように、戦闘を眺めていた自分が、非常にすまないことをしたようにかえりみられた。

やがて、前方の銃声が聞こえなくなり、何事もなかったように、またも埃の進軍がはじめられた。

私たちは昼食をした。私は上田戦車隊の段列のトラックに乗せてもらった。それには新聞記者がみな乗っていた。下涌墟で別れたきりであった読売の久芳君もいた。道いっぱいに溢れた部隊は濛々と黄塵につつまれながら、炎熱の下を進んでゆく。

前方からまた担架が下がってくる。道端の樹の下に寝かされているのもある。いまの戦闘で傷ついたのであろう。一度の戦闘ごとにかならず加えられていく犠牲者に、私は暗然とならずにはいられなかった。

道路の両側には支那兵の死体が点々と並んでいる。青天白日のマークの入った軍帽や鉄兜や、巻脚絆、小銃などが散乱している。食料品の入ったブリキの箱や、書類などが稲田の中に転がりこんでいる。まあたらしい緑のペンキで迷彩された最新式の速射砲が何門も遺棄されている。

私たちのトラック隊は、蜿蜒とつづいている歩く部隊を追い抜いた。トラックは本道を疾走した。三里ばかり走ったと思われるころ、前面にはげしい機関銃の音がして、われわれの自動車は止まった。

乱暴な話であるが、われわれは疾走している途中にも、両側の山の斜面や稜線の上に点々と敵影を認めながら、突破したのである。それは敵の部隊ではなく、敗残兵であることが認められたからである。

私たちはトラックから降りた。段列長の曹長が、

「抜刀し、付近を捜索警戒しろ、危ないから気をつけろ」

と怒鳴った。

飛び降りた兵隊たちは着剣し、道の両側を手分けして捜索をはじめた。右側には深々とした甘

蔗畑がつらなり、左手は深い樹木にかこまれた茂みである。前方では戦車がしきりに機関銃を撃っていた。

やがてあっちからもこっちからも異様な叫び声や喊声が起こった。銃声がした茂みの中で何か蠢くものがあった。甘蔗畑や林の中に、支那の兵隊がたくさん潜んでいた。

林のなかでけたたましい叫び声や、格闘する音が聞こえた。

「やあ、そこの樹の蔭に多多的《タアタアデ》いるぞ」

と兵隊が叫び、支那兵が飛び出してきた。短い時間ではあったが、たちまちその辺は支那兵の死体で満たされた。道端や、林のなかに、さまざまの遺棄品が散乱している。

前方から大きな敵の装甲車がやってきた。黄色に塗られ、横には丸の中に総の字が活字体で書いてあった。下のほうに第四路軍総司令部とある。装甲車は五台つづいてきた。

われわれの近くにやってくると、中から運転していた日本の兵隊が出てきた。

「分捕品だよ、とても優秀じゃ」

とにこにこしながらいった。

兵隊たちはなおも付近を捜索した。しばらくすると歩兵の先頭が到着し、日に焦げて元気な○○部隊長が馬に乗ってやってきた。○○部隊長は樹の蔭に入った。例によって行軍してきた兵たちは、ばたばたと投げ出すように道路わきに倒れ、もう眠りはじめた。

前進。前方は戦車が警戒しながらすすむ。ときどき止まる。両側の部落の蔭や林の中に敗残兵のうろうろしているのが見える。こっちから兵隊が射撃する。向こうからも弾丸が飛んでくる。

兵隊が散開して稲田の中を駆け出していく。捕虜を連れて帰ってくる。百五十四師と百八十六師の襟章をつけている。

付近の汚ない泥水の溜まりの中に水牛が入りこんで転げ回り、気持よさそうに眼を細めている。ところどころに爆弾の落ちた跡が大きな穴になって残っている。

出発。水を積んだトラックが黄色い埃の道に水をたらしながらやってくる。背中に水嚢をかついだ兵隊が歩いて行く。

「水はいらんか」

と怒鳴る。汗と、水嚢から洩れる水のためにびしょ濡れになっている。兵隊が水をくれといって集まってくる。ゴム管から兵隊の水筒に水を入れてやる。背嚢のように水嚢を重そうにかつぎ、給水班の兵隊は、

「水をやるぞ」

と叫びながら、息を切らし、急ぎ足で兵隊たちの間を追い抜けていく。埃の道を蜿蜒たる進軍である。

朱村中山公園と書いた石門のあるところでトラックを降りる。新聞記者は佐々木君だけが残って、後の者は全部行ってしまった。本部はまだ到着しないので畠の中に腰を下ろして、話をしながら待つ。

日が暮れてきた。私たちの前をどんどん兵隊が過ぎて行くが、本部はなかなか来そうもないので、石門を抜けて中に入る。鬱蒼と大木の繁茂した森の中に、石壁にかこまれた家がある。石壁

の内側にコンクリートづくりの広い池がある。

入口のところに田島副官がいて、新聞記者の部屋がとってあるから黒川准尉に連絡をとってくれという。入る。何軒も小さい家が長屋のようにずらりと並んでいる。この石壁の中が朱村の部落かも知れない。あるいは個人の豪農の共同家屋かも知れない。えたいの知れない建物である。日が暮れて真っ暗になった。ぐるぐると回った裏手の路地の一軒に入った。

家の中はつい先刻まで土民がいた跡が歴然としている。家の中は狭い。鍬や鋤や鎌などがあり、台所には笊《ざる》の中に芋の皮を剥いたのがそのままにしてある。暗い隅でぱさぱさと音がしたと思ったら、一頭の豚が飛び出してきたのにはおどろいた。鼻を鳴らしながら、豚は表に出て路地の奥に駆け去ってしまった。

私たちは藁を引き出してきて茣蓙《ござ》を敷き、寝床をつくった。佐々木君と二人である。部屋の隅に、土の壁や、蜘蛛の巣だらけの天井と調和しない朱塗《しゅぬり》の鏡台がある。抽匣《ひきだし》には櫛や香水などが入っている。奥には部屋一杯に蓮華の彫刻をした二人寝の寝台がある。戸棚の上に竹でつくった椅子がつっこんであった。車のついている椅子の周囲には竹の輪がはめてあって、木でつくった小鳥が二羽結びつけてある。あきらかに赤ん坊を一人遊ばせておくものである。

この部屋はたぶん、赤ん坊の一人ある百姓の若夫婦がいたのであろうと想像された。壁には、鍾馗《しょうき》のような髭武者が剣を抜きかけた絵に、「引福帰堂」と赤で書いた紙が貼りつけてあった。私は戦塵の一夜の宿であるこれらの部屋を眺め回しながら、郷愁のごときものの襲いくるのに閉口したのである。

遅くなって同盟の堀川君たちが到着した。私たちは自分たちのいぶせき部屋を堀川君たちに明け渡し、隣りに移転した。隣りも同じような百姓家である。壁に洪聖大王と書かれた福神図と、鯉や鯰《なまず》の四、五尾《ひき》かかれた絵とが貼ってあるほか、なんにもないがらんとした家だった。ここに、佐々木君と同盟の木村さんと三人で寝ることにした。路地でだれか私の名をしきりに呼ぶので、出てみると、田島中佐が立っていて、

「灯りがないだろう、これをやろう」

といってランプをくれた。

「火に気をつけてくれよ」

といいながら、この親切な副官は狭い路地を去って行った。

管理部に飯をもらいにいって、ぐるぐると迷宮のような狭い路地を通って帰ってくると、参謀部の前に出た。野原大尉がいた。日に灼けて非常に元気である。前線は非常に順調に戦果をおさめている。あるいは明日は広東突入があるかも知れぬから、貴公は自動車で先行したまえ、と野原大尉は私にいった。居室に楠田少佐の姿が見られた。

楠田少佐は上陸後、澳頭港の方へ指揮のためまわって以来、まったく姿を見かけないでいた。湖鎮にいったん追及したが、ふたたび糧秣宰領のために恵州に引き返したと聞いたが、私は会わなかった。

かかる急速なる進撃における後方諸任務の困難と重大さは想像以上である。楠田少佐は疲れたようすもなく、小さい蠟燭を何本も立て、その明かりで地図を拡げて鉛筆でたどりながら、なに

かしきりと書きものをしていた。

江副通訳と岡本通訳とが一人の捕虜を調べている。真っ黒い顔の捕虜は眼をぎょろぎょろさせ、どうしたのか真っ赤になりながらもじもじしている。そばにいる金子軍曹が笑いながら私に話す。

「こいつは酒に酔っぱらっているのです、これは支那人とインド人の混血児《あいのこ》なのです、親父がインド人だったのですが、その親父は死に、新しい支那人の親父ができて、広東で理髪店をやっていたところが、むりやりに兵隊に徴集されたそうです、まだ十九です、これは昼ごろ、隘路の戦闘で捕虜にしたのですが、この男、交戦の真っ最中に支那軍の陣地から飛び出してきたのですよ。両方ともどんどん弾丸を撃っているのに、両手を挙げて奇妙な声でなにか叫びながら、日本軍の方に駆けてきたのです。支那軍はじつにひどい、数日来、飲まず食わずだ、日本軍に使ってくれ、何でもするというのです。そのくせ、いろいろ調べようとすると、今日はくたびれているから酒を飲ましてくれ、そしたら何でもいうというので、酒を出してやると、茶碗に二杯も立てつづけに飲んで、こんなに酔っぱらってげえげえやっているのですよ、おまけに、もう酔っぱらって苦しいから調べは明日にしてくれ、明日は何でもいうというのです。支那軍には、こういう強制徴発した変な兵隊がずいぶんいるらしいです」

金子軍曹が話している間にも、飲んだくれの支那兵は何度も吐くような格好をしていたが、われわれの顔を順ぐりに眺めては、へらへらと棄て鉢のような哀れな笑い方をし、歌のような文句をぶつぶつとくちずさんだりした。

十月二十一日

暗いうちに部隊は出発した。私たちはがらんとした家の中に残された。いままで多くの兵隊が入ってざわついていた広い家は森閑として変に不気味である。私たちは午前八時、乗用車で出発し、先頭に追及するようにいわれた。同行は、大毎の佐々木君、同盟の堀川君と無電の小沢君の三名である。運転手の西村一等兵が喜んだ。

本道に出て、道ばたの清冽な小川の水で顔を洗う。東の空は一面に茜《あかね》さし、雲のない空はきらきらと眩《まぶ》しく光っていた。やがて上りはじめた日輪に私は合掌した。私たち兵隊が毎朝、日輪を拝することを欠かさなかったのは、じつにいろいろな意味をふくめてである。それから私は路傍に小便をした。上陸以来、真っ赤であった小便の色は、やはり同じ赤い色をしていた。私たちは飯盒を開いて朝食をした。やがて八時になったので私たちは出発した。

本道の上を埃を蹴立てて蜿蜒とつづいていく部隊を、私たちの自動車はつぎつぎに追い抜いた。兵隊の顔は汗と黄塵に泥人形のごとくなり、私たちの自動車が通ると、怒ったような顔を向けて睨《ね》めまわす。

やがて本部の位置に到着。そこをも抜けて私たちは自動車を飛ばす。間もなく○○部隊長の姿を見かけ、進軍していく歩兵の先頭に追いついたが、私たちはまたそこを突き抜けて本道上を走った。先を行くトラックの姿を見たからだ。

いままで私たちの車の両側にあふれていた、兵隊の姿がまったくなくなった。森閑と人影のない山と稲田と部落の間を私たちは過ぎた。私たちは前方を走るトラックの後を続行した。トラックは戦車隊の段列らしい。着剣した兵隊が、五、六人乗っている。道はしだいに山道に入りこみ、両脇に迫った山や林の間を抜けて、幾度も急な坂道を越えた。前方で銃声が聞こえはじめた。私たちも周囲を警戒した。坂を越えて下りると、前方に多くのトラックが止まっていた。左手の小さい部落に騎兵の姿が見られた。

私たちは自動車を出た。機関銃声は非常に近くに聞こえる。幾つも折り重なったような谷間に鋭く谺して絶え間もなく響いてくる。付近の山では百舌《もず》のような声で小鳥がしきりに囀《さえず》っている。太陽はもみこみように直射してくる。

爽快な爆音が聞こえ、仰ぐと、数台の飛行機が飛んでいる。眩しいほどまっ青な空に、きらきらと銀色に光りながら、はるかな空を軽快に旋回したり、急降下してまたぐうと機首をあげて飛び上がったりしている。爆撃の轟音が轟いてくる。まっ青な絨毯の上に白い貝殻でもひらひらと翻《ひるが》えしているようである。

「あの下が広東だな」

と私たちは話し合う。風が吹いてきた。山の上には松の木が茂り、麓の稲田の畦には大きな芒《すすき》がのびて、美しく光って揺れている。右側の谷からも機関銃の音が起こり、流弾が私たちの上をかすめた。左手の高地に登って行く兵隊の姿が見えた。銃声がいつまでも絶えず、前方に止まっている自動車隊は、いつ動くとも思われない。私は歩いて前方へ出て行った。坂の峠までずらりとトラックが並んでいる。騎兵の馬がたくさん繋がれている。峠から先は出られないのだ。段列の中間付近にいるトラックに、新聞記者がみな乗っていた。報知の神原君が、

「やあ」

といって、にこにこ笑っている。まだ左手に繃帯をしていた。峠まで来ると急に銃声が近くに聞こえた。峠の木の生えている岩の所に出た。中尉が二人で双眼鏡で前方を見ている。小池先遣隊長が、坊主の持つ払子《ほっす》のようなものを持って立っている。峠を降った下の道を戦車が一台、機関銃を撃ちながら行くのが見える。私たちの方へ弾丸が飛んできた。

「おや、見つけたな」

と一人の中尉がいい、

「危ないぞ、これを見い」

といった。すぐそばの木の膚に小銃弾が突き刺さっていた。くわばら、くわばら、私たちは悪戯《いたずら》っ子のように顔見合わせて笑った。二時間ばかり前には自分たちのいるこの峠に敵がいたのだと、一人の中尉はいった。

前方には幾つも山が重なっている。樹木の間に芭蕉や竜舌蘭などの長い葉が見える。肉眼にかすかに高地の上を動いている敵影が見える。機関銃の音が反響する。私たちの頭の上を過ぎる。右の高地に一軒家があって、どんどん駆けて行く多くの影が見えた。樹木に隠れたり出たりして、稜線の上にもかたまったり離れたりしている兵隊が見える。

「一つ砲が欲しいな」

と中尉が口惜しそうにいう。私たちはしばらくそこにいた。峠の岩かげに止まっている戦車にぶら下がっている鶏が鳴いている。黒い羽の蝶が、ひらひらとわれわれの頭の上を飛んでいった。

やがて、高地の上にぞくぞくとのぼってゆく友軍の姿が小さく見えてきた。左右ともに、騎兵隊の兵隊が攻撃をしているらしい。小さく見える兵隊の足もとに、弾丸の砂煙をあげるのが見られた。前線から負傷して下がってきた軍曹が、小池部隊長に報告をしている。左手を繃帯し、首から吊った軍曹が、詳細に地形などを説明し、明快な口調で報告するのを熱心に聞きながら、

「そうか、わかった、怪我は大したことないか」

と小池部隊長がいう。

「大したことはないです、軽傷だから私はどうしても下がらないといったのですが、小隊長が怒って下がれというので仕方なしに下がって来ました」

と軍曹はいって微笑した。繃帯の上に血が滲《にじ》み、軽傷でもなさそうである。小池部隊長は、峠のかげにいる将校になにか命令を伝え、払子をなびかせながら、一人でのこのこと峠を降って行った。

戦車が動きだした。私も坂を降った。坂を降りきって高地の角を左に曲がると、川があって、橋梁が落とされている。二十メートルくらいの河幅で、音を立てて清澄な水が流れている。コンクリートの橋は中央がぼくりと折れ、河中に没している。しきりに工兵隊が架橋をしている。水深はないので、川の中に、付近から樹や丸太を集めてきて組み合わせている。山田(栄)工兵隊だ。

弾丸がしきりに来るので、私たちは道ばたの凹地に入った。前方の高地に、敵影がちらちらする。こっちから機関銃で猛烈に射撃する。戦車からも撃つ。戦車に敵弾が当たり、かんだかい音を立てる。付近の高地に、どれにも友軍が登ってゆく。けたたましい叫び声が起こり、銃声が起

こる。いたるところで潜伏している敵兵と衝突し、格闘をしているらしい。藪の中や深い繁みから敵兵が飛び出してくる。異様な喊声や呻り声が響いてくる。日本の兵隊同士の呼びかわす声や、号令をかける声も聞こえる。前方から兵隊を連れた背の高い将校が引き返してきて、小池部隊長のいる凹地に入った。

「この付近はどこもここも敵だらけです、二中隊の正面がどうしても出ないので行ってみたら、二十メートルくらい間をおいて、田圃の中で六十名ばかりの敵と睨み合っているのです、突撃をやって鏖殺《みなごろ》しにしました、鉄兜の上からこれで叩き斬ったところが刃が少しこぼれました、こちらの兵隊も二人やられました、敗残兵が谷間にいくらもいます」

とその中尉はいった。軍服に点々と細い血痕がついている。

「御苦労」

と、小池部隊長はいった。

銃声は相変わらずつづいている。負傷した兵隊が運ばれて帰ってくる。戦友の肩につかまりながら降りてくる兵隊もある。藪の中から手榴弾を投げられて、二人いっしょに負傷した兵隊もある。戦死者が樹の蔭に横たえられた。樹の枝を切って四方に立て、戦死者に灼けるような太陽が直射しないように天幕が張られた。付近の高地からはしだいに敵は駆逐されてゆく。どの丘陵にも稜線にも、やがて友軍の兵隊が登ってゆくのが見えた。さっきまで敵影がちらちらしていた高地に日章旗のひるがえるのが見られた。銃声もしだいに緩慢になってきた。

私は道路わきの凹地に弾丸を避けていた。小池部隊長もいた。私のいる前を通って、騎兵の将校斥候が出て行った。

「あんまり深入りするなよ、注意して行け」

と小池部隊長が、斥候が橋梁の付近まで行ったときに、思い出したように声をかける。私たちのいるところから橋梁まで十五メートルくらいである。将校斥候は振り返り、

「行ってまいります」

といい、川の中に入り、向こう岸に渡って、本道上を丘陵の蔭に見えなくなってしまった。私は凹地の中で飯盒をひらいて昼食をした。私の腰を下ろしている周囲には野菊が咲き乱れ、なにかの草の匂いが強く私の鼻をついた。

私たちのいるすぐ前に戦車と工兵隊のトラックが止まっている。先刻《さつき》からどちらにもだいぶ弾丸が当たっていた。

トラックの後ろに丸籠がぶら下げてあって、鶏が三羽入れられているのが、戦闘の間しきりにコケコッコーと時をつくっていた。私が飯を食っていると、どうしたはずみか籠が落ちて、鶏が飛びだした。三羽がばたばたして走りだした。兵隊が驚いて追っかけだした。大きな石を拾っては投げつける。命中し、

「ストライクじゃ」

などといっている。やっと大騒ぎをして捕えたようである。

「畜生、敗残兵め、骨を折らしやがる」

とぶつぶついいながら、また籠の中に押しこんだ。私の前を行き来する兵隊は、だれも痛そう

に足を引きずっている。跛《びっこ》を引いている兵隊もある。私も跛を引いて足を引きずりながら、凹地を出て、橋のところに行った。

工兵はしきりに架橋を急いでいる。杭を打つ音が谷間に谺する。付近から支那兵が丸太をかついでくる。あっちからもこっちからも捕虜がぞろぞろと集まってきた。さっそく架橋工事を手伝わせている。

彼らはどれも色が黒く精悍な眼つきをしている。それから、たびたびの感慨であるが、彼らはまったく日本人と変わらない。彼らはわれわれと同じように、埃と汗とによごれ、軍服は破れ、身体には何ヵ所も負傷をして血を滲ませている。

この付近の軍隊は独立第九旅であったようである。第四路軍総司令部第二独立団第二営第八連の肩章をつけた兵隊もいる。槍のついた敵旗が何本もある。独立第九旅第六二七団第二営第四連等とあり、赤の縁をとった中に青天白日の徽章がある。これは中隊旗であるが、第二排などという小隊旗もある。彼らの所属と階級を示す肩章の裏には、どれにもつぎの四行がある。

不怕死　受国家　不貪財　愛百姓

十四、五歳くらいの少年兵を兵隊がつれてきた。じつに可愛い顔をしている。女の子のようだ。肩章には伝達兵とある。眼をぱちくりさせ、べつに恐ろしくてたまらないようすもない。

「この野郎、とんでもない野郎だ」

と兵隊が口惜しがっている。

「こりゃ、困ったな、殺すにゃ可哀そうだし、どうしようかな」

と兵隊が困っている。私は少年兵が持っていた袖珍日記という手帳を開いて見て、はっとし、見てはならぬものを見たと思った。手帳に一枚の中年の女の写真が挿《はさ》んであって、たどたどしい字で、家郷母親の四字があった。

少年は陳少東というのである。私はどうもこの痛々しい少年兵を見ている気がしなかった。私は私の雑嚢をさがしたり、ポケットをいじくってみたりしたが、少年兵にあたえるものはなんにもなかった。わずかばかりあった食料品は、まったくわれわれにもなくなってしまっているのだ。私は逃げるようにそこを離れた。

やがて、銃声がまったく絶え、午後一時を少し過ぎたころ、歩兵の先頭がやってきた。閑散であった街道がにわかに兵隊で溢れ、埃をあげて進軍していった。できあがった橋梁を渡り、とどまることを知らぬ流れのように、私たちのそばを過ぎていった。〇〇追撃隊長の馬上姿が見え、水を蹴立てて河を渡り、兵隊とともに前進していった。戦車や自動車も渡りはじめた。私は壊れた橋の上に立って、私たちの乗用車が来るのを待った。

私たちはまた自動車で部隊を追い抜いた。走るにしたがって周囲はしだいに淋しくなった。西村運転手が、

「いままで自動車勤務は後方ばかりで口惜しかったのに、今日これで広東に入城できるのは嬉しいです」

といって張りきっている。堀川君と佐々木君は、

「記者として一番乗りのできるのは、実に千載の好機だ」

といって喜んでいる。

私もまたなにかの興奮を抑えることができなかった。私たちの行く道は、ついにわずかな騎兵隊と、戦車ばかりになった。私たちの自動車は騎兵斥候を追い抜いた。

戦車が止まって機関銃を撃ち出した。周囲の高地に点々と敵の姿が見えた。やってきた騎兵が馬から下りて攻撃していった。

飛行機がしきりに飛んでいる。爆撃の音が近くなった。おどろいたことには、われわれが本道を進んでゆくと、道ばたの茂みや、家の中に支那兵が何人もいた。騎兵がこれを撃った。ある者は剣で突いた。道ばたには見る見るうちに支那兵の死体が並んだ。

私たちの兵隊も数人の負傷者を出した。佐藤少尉が乗馬で先行しているのに会った。

「たったいま、そこの森で敗残兵と遭遇し、手榴弾を投げられて大方やられるところだった、兵隊が三人怪我した」

と佐藤少尉はいった。

私たちは、戦車の後につづき、騎兵とは後になったり先になったりした。私たちは何度も止まっては交戦し、進んでいった。

幸いにしてわれわれは敵の大部隊とは遭遇しなかった。敵はほとんど敗残兵ばかりであった。潰乱の跡がまざまざとし、なにかその敗残の道に哀れがあった。

道端にさまざまのものが遺棄されてあった。食糧を入れた籠や、書類、蒲団などがいたるところに散乱していた。そういう物を積んだ馬が点々と樹につながれたまま、放棄されていた。打ち棄てられた敵の馬はぼんやりと丘の上に立っていたり、道端に草を食《は》んでいたりしたが、われわれが進んでゆくと、ものうげにわれわれの方を見た。

道端に寝転がっている支那兵が私たちをおどろかせた。あきれたことには敵兵は私たちがゆくと、のそりと首をもたげてぽかんとしたようすでわれわれの方を見るのだ。逃げようともしなければ、抵抗しようともしない。われわれは腑に落ちなかった。そんな奴がところどころにいた。

周囲の山地に点々といる敵はわれわれを撃ってきた。私たちの自動車はついに騎兵ともまったく離れた。前進してゆく数台の戦車の後を私たちの自動車は続行した。戦車は機関銃を撃ちながら進んだ。そのようにして、私たちは数時間走った。

四時を過ぎたころである。前方から一台のサイド・カーが疾走してきた。私たちの横を過ぎながら、なにか大きな声で叫んだ。両方が走っていたために、なにか聞き取れなかった。ただ、広東という言葉だけがわかった。

「乗っていた兵隊がにこにこしていたから、ひょっとしたら広東が落ちたのかも知れん」

と私たちは話し合った。なおも戦車について走った。しばらく行くと、重戦車が止まっていて、砲塔から半身を出していた田中部隊長が、

「いまから約一時間前に、広東は田中部隊によって占領、目下、城内掃蕩中」

といった。にこにこと笑っている。

私たちはなお自動車を飛ばした。途中、同じように何回も敗残兵のために止まった。また走る。同じように、点々と遺棄された馬が見える。見わたすかぎり高地と山ばかりであった前方に、白堊の高い尖塔が見えてきた。点々と洋館建ての家が現われた。赤土の山道であった道路はコンクリートの鋪道になり、両側の葉の繁った並木の間をわれわれの自動車は走った。前方に街が見えてきた。鉄道線路が見えた。私たちは戦車のいる鋪道の上で止まった。

自動車を出ると、私たちの前にずらりと戦車が並んで止まっている。同時に、突然、耳のさけるような轟音が轟いた。足もとが震動する。私たちのいるところから二百メートルくらいしか離れていない左方の広場に、すさまじい黄煙が捲き上がっている。つづいて同じようなところに吹き上げる煙とともに轟然たる音響が起こった。爆撃である。

上空を低く旋回しながら友軍の飛行機が飛んでいる。敵兵がいるらしい。私たちのところへ思い出したように弾丸が飛んでくる。田中部隊長が、

「みんな旗を出せ、よく見えるところから振れ、誤爆されるぞ」

と叫んだ。じつは私たちも危険を感じていたのだ。私たちのいる鋪道の上には、並木がおおい繁って、上空からはっきり見えない。ことに、道路には、第四路軍総司令部とか、軍事委員会西南運輸処とか書かれた敵のトラックが何台も遺棄されてある。トラックには大砲を積んだり、弾薬を積んだりした上を、樹枝でおおって偽装している。放り出された速射砲もある。敵の戦車もある。それらのまん中にわれわれの戦車隊は入り込んできているのだ。ことに本隊とはまったく離れてしまっている。はっきりわからない上空からは、支那軍だと思われる可能性が十分にあっ

た。

　われわれはみな持っている旗を出した。どの兵隊もみな国旗を持っていた。私も雑嚢の中から出した。私たちの乗ってきた自動車の背には大きな国旗が張ってあるので、樹木の繁みから上空のよく望まれるところに、自動車を出した。すさまじい爆撃の音がつづいて轟いた。私たちの上にやがて飛行機がやってきた。兵隊は大声をあげて旗を振りだした。

「日本軍だぞう、友軍だぞう」

　彼らは力まかせに旗を打ち振った。それはしかし、もとよりただ誤爆されないためだけの信号ではなかった。飛行機が不審に思うほども、こんなに速く敵の都に近づいたものは、日本の兵隊であるということを、飛行機にわかってもらいたい心で一杯であった。十数本の日章旗が兵隊の思いをこめて打ち振られた。飛行機は地上の状態を見きわめるように、注意深く旋回しつつ、しだいに下降してきた。

　支那兵が爆撃をのがれるために、日本の飛行機に向かって、こしらえた日章旗を振ったりしたことがたびたびあった。どうも怪しいというように、飛行機は何回も私たちの上を舞った。低くなるにつれて、翼につけられたまっ赤な日の丸がしだいに大きくなり、機上から身体をのし出して下を眺めている搭乗者が見えてきた。

「日本軍だぞう。万歳」

　兵隊は絶叫しながらいっそう強く旗を打ち振った。搭乗者が急に身体を起こし、われわれに向かって手を振るのが見えた。確認したことがわかった。飛行機は同じように旋回しながら、搭乗者はわれわれの方にしきりに手を打ち振った。兵隊は旗を打ち振ってこれにこたえた。私はなにか胸が迫り、熱いものがこみ上げてきた。私はこのときほども日本の旗の美しさを感じたことはない。私はこの美しい旗のために死ぬことの悔いなさを惻々《そくそく》と胸に感じた。

　飛行機はやがてわれわれの頭上を去った。爆撃はしきりにつづけられた。さっきサイド・カーを飛ばして行った兵隊が私たちのそばへやってきた。

「いま城内に行きかけたところが、家の中からどんどん撃ちやがるのでサイド・カーはとても行けない。戦車はかまわずに入っていってさかんに交戦しています。われわれの部隊の戦車が十七台、城内に入っています」

　と、この小坂部隊の青木伍長はいい、

「煙草を持ちませんか」

　といった。煙草に火をつけ、

「乗ってるときは夢中で煙草のことなんか考えませんが、一段落したときにはたまらなく欲しくて、のむとてもおいしいです、戦車の中はまるで釜ですよ、外部の温度よりも三十度くらい高くて、兵隊は一日五升くらいの水はぺろりと飲みます、水筒や湯たんぽにいくつも水を入れとくのですが、じきになくなります。すると小便がしたくなって困りますよ」

　と笑って話しながら、ふかぶかと煙草を吸いこみ、静かに吐きだした。戦車にくくりつけられてあった籠の中で鶏が鳴いた。

「支那の鶏も、やっぱりコケコッコーと鳴きますね。兵隊はどんなにはげしい戦争の中でも、胃袋のことは忘れませんよ」

と青木伍長はいって笑った。

いま、部隊本部から、どの部隊も沙河の線から出ることはならぬという命令がきたそうである。ここにいる戦車は上田部隊である。道の両側には太陽が照りつけていたが、並木におおわれた鋪道は蔭になっていて、樹の葉を鳴らして涼しい風が吹いてきた。並木はユーカリのような樹である。

おかしなことには、われわれの通ってきた道路を、三人の支那兵がこちらにやってきた。のこのこと歩いてくるのである。銃を持たないが、武装したまま平気な顔でくる。捕えて検《しら》べると、雑嚢の中に手榴弾を入れている。また、一人やってきた。ぽつりぽつりと来る。今度は馬を曳いてやってきた。どちらも一頭ずつ裸馬の手綱をとり、外套を背中に捲き、鉄兜をかぶっている。われわれに近づくと、やあというようににやにやし、手をさし出す。握手をしようとするらしい。それから、われわれの間を抜けて通り過ぎようとする。われわれにはどうも了解ができない。

「おかしな奴じゃな」

と、兵隊も狐にばかされたように苦笑する。どれも鉄砲は持っていない。

東日の佐々木君が、戦車の無限軌道に腰を下ろしてしきりに原稿を書いている。堀川君は小沢君と二人で鉄道線路のところに出て無電を張りはじめた。原稿をせっせと書きはじめた。六時の連絡にぜひ間に合わすのだという。ようやく準備を終えると、戦車隊がいちおう引き返すことになった。堀川君はぜひこの歴史的感激をここから打ちたいといっていたが、そのうちにもどんどん戦車は後退しはじめて、われわれの自動車だけが残されてしまった。仕方なくせっかく張った無電を撤収して、われわれは自動車に帰った。見えなくなってしまった戦車をわれわれは追及した。

戦車は途中で止まって機関銃を撃っていた。われわれはいったん通過してきた道で、ふたたび戦闘を繰り返さなければならなかった。そればかりでなく、今度の方が来るときよりも激しい抵抗を受けた。私たちの自動車は弾丸を避けて、戦車と戦車の間に入りこんだ。戦車にかんだかい音を立てて弾丸が当たる。

「当たりゃ、しょうがないたい」

と、西村運転手が平気な顔でいっている。前進する。あまり弾丸が激しいので、私たちは、とうとう自動車を降りて道路わきの窪地に入った。凹地には多くの馬と兵隊とがいた。道路にはトラックも止まっている。小池部隊と山田（栄）部隊の兵隊らしい。密林の間を通して飛んでくる弾丸がわれわれの頭上をかすめて過ぎる。

「後ろにも敵がいるぞ」

とだれかがいい、兵隊が散開して出て行った。喊声《かんせい》が聞こえ、丘陵を登って行く姿が見えた。

「やった、やった」

と、こちらから見ている兵隊が叫ぶ。堀川君と小沢君はふたたび無電を張りはじめた。弾丸を避けながら道路の向こう側にある竹を切りに行き、三本切ってくると線を張った。工兵が竿を立てる穴を掘ってくれる。

次第に夕暮れが近づいてきた。小沢君はしきりにこつこつとたたき、呼び出しをやっていたが、なかなか出ないという。堀川君はまた原稿を書きだした。私が、

「一応、本部へ報告に帰らなくてはならぬから、日の没しないうちに出発したい」

というと、小沢君は、

「今度出そこなったら、いつ打てるようになるかわからない。自分はここに残る、どうしても一報を打ちたい、ここにいる兵隊さんの世話になります、この兵隊さんが出発していなくなっても、無電だけは打ち、なんとかして追っかけます」

といった。私は小沢君の決心に胸をうたれた。私たちは小沢君だけを残し、出発した。

私にはどうもここは薄暮の時間が短いように思われる。これまでにも私はたびたびそういう感じを受けた。私たちが少し走っていると、もう薄暗くなり、たちまちまっ暗になってしまった。闇の中を陸続とつづいてくる兵隊とすれちがった。トラックや自動車や馬とすれちがった。

道いっぱいに溢れてその混雑は大変なものである。前燈の中に、黄粉人形のようになった兵隊が照らし出された。汚れ、汗に濡れ、ものもいわず歩いていった。たびたび止まらなければならなかったわれわれの自動車は、とうとうトラックや車に挟まれて動けなくなってしまった。

多くの部隊が過ぎて行ったが、本部はなかなかやってくるようすがなかった。私たちは車を降りた。道路上ばかりでなく、付近の広場にも、部落にも部隊が溢れているのが見られた。さかんに銃声が聞こえ、数カ所燃え上がっている赤い焔が見えた。二百メートルばかり先で燃えはじめた一軒の家は、爆竹のようにはげしく音を立て、ときどき、あたりの空気を顫動《せんどう》させて、だあん、

だあんと轟音を立てた。隠匿されてあった小銃弾や砲弾が爆発する音である。

闇の中に炎々と赤い焔が上がり、黒々とうごめく兵隊と馬と車輛との混雑から、わめくような喧騒の声が起こり、山の手の方では銃声がしきりにしている、ものものしい図であった。

私たちはどうすることもできず、立ち往生をして、後方から来るはずであるという本部の到着を待つことにした。埃を蹴立てながら、私たちの前を多くの部隊が過ぎて行ったが、本部はなかなかこなかった。堀川君は、

「どうも小沢君のことが気になってならない、私はもう一ぺん行ってみます」

といって行ってしまった。やがて闇の中から、田島副官や黒川准尉の顔が見えた。

「本部はここで宿営の予定であったが、下阮岡《かげんこう》まで出る、いまそこで面白い戦争を見た、敵は三百ぐらいおって、どんどん高地を逃げる奴をこちらから小気味よく撃った、もっと早く先に出るつもりで来たけれども、戦争をどんどんやっているので、しばらくここにいたのだ」

と黒川准尉はいい、田島中佐と先に行ってしまった。本部の宿営地がわかったので、私たちもまた後返り、下阮岡まで行くことにした。

混雑の中で自動車をまわすのに苦労し、やっと行きだした。ろくに走れない。部隊の間に挟まっては、ちょっと行っては止まり、また行っては長いこと動けない。やっと部隊がまばらになってきた。前燈の光の中に、たびたび、怒ったような顔をして歩いている兵隊と、死んだように路傍に並んで眠っている兵隊の姿とが照らし出された。それらの兵隊に埃を浴びせながら、ようやく私たちの車は下阮岡に到着した。私たちは西村運転手に厚く礼を述べ、部落に入った。

壁の落ちかかった狭い家に、われわれは寿司詰めであった。遅くなってから、新聞記者といっしょに報道部の松村中佐や松山少佐などの人たちが到着した。汚ない家と家との間に机を出して、同盟の小沢君がしきりにテストをやっている。暗い蠟燭の明かりで、必死の形相で、無電のキイを叩いている。広東占領の発表文、狭い家の中に入りこんできて、松村中佐と嘱託の人が文案を練っている。

松村中佐はわれわれに、今日飛行機が増城で通信筒を落とした、野田中尉というのが乗っていて、その通信文には、広東上空から皇軍の突入を見、下から日章旗を振るのを見て、機上に泣いた、ということを書いてあって、感激した歌が二首添えてあった、という話をした。それから、

「さて、自動車の中にでも寝るとしようか」

と笑いながら、ごみごみと狭いまっ暗な路地を巨軀を運んで去ってしまった。

十月二十二日

出発までに少し時間がある。家の隅に仏壇があって、日本と同じ形の位牌が幾つも並べてある。「民国顕考尚穌譚公府君神主」などというような戒名が彫りつけてある。線香が山のように積み上げてある。壁にはさまざまの名刺、それは極彩色の年賀状で、謹賀新囍の字と並べて、Wishing you a merry season and a Happy New Year. というような英語が印刷されてあり、ちょっと異様な感じがある。

石版刷り山水画、役者絵、徳国康寧大薬房藍色白濁丸、徳国皮膚消毒膏の広告画。われわれが

経てきた町々では癩病をはじめとして、癬瘡などに対する薬の広告を非常に多く見た。木版刷りの洪聖大王の引福画。ぶら下げてある張子の鶏。これは非常に雅致に富んだものである。「五福臨門」「天官賜福」の赤紙。なんと、この壁の落ちかかった薄汚ない百姓家の中には、これらのものが博物館のごとく整然と配列されているのである。

　食事をしながら、これらのものを眺め、なぜともなく、いよいよ広東にきたという気がした。表に出て見ると、べつに商家とも思われないのに、門口にどれも「富客常臨」と書いた赤紙が貼ってある。ところどころの壁には「組織運輸隊幇助軍隊打走日本仔」等の字が白墨で書いてある。

　大毎のオート三輪に乗せてもらって沙河軍官学校まで行く。ここに本部がある。昨日、戦車とともに弾丸の中を飛び回ったところを、多くの兵隊と車輛と馬とが、黄塵にまみれてあふれてゆく。軍官学校の表門は鉄道の踏切のところにある。この鉄路は広九鉄道と粤漢《えつかん》線とを連絡するものである。昼食後、広東市内掃蕩のため、長谷川部隊が行くので、トラックに便乗して出発。

　沙河の街は大きな建物が並んでいるが、大半破壊されている。街の中をいっぱいに部隊があふれ、混雑をきわめている。街の入口に、タンクが幾つも据えてあって、「ナマデノメル水、浄水補給所、井上部隊」と書き出してある。

　ようやく町中に漲っている兵隊の間をかきわけて、街を出はずれると、急に人影が消え、鬱蒼たる街路樹におおわれた深閑とした歩道に出た。

　数台のトラックには兵隊がぎっしりと乗り込み、四周に眼をくばりながら、走る。街道にはあまり人家がなかったが、やがて洋館建てが点々と見えはじめ、英国旗や、米国旗が翻っている家が見られる。壁にもべたべたと外国旗がペンキで描いてある。中山陵、七十二烈士之墓、四烈士墓陵等、豪壮な仕掛けの墓地が多く見られる。

ときおり敗残兵らしいのがちらちらする。トラックの上から射撃をする。しかしながら、われわれはしだいに緊張をといてきた。われわれは敵の襲撃を期待していたけれども、われわれは一発の弾丸をも受けず、広東市内に入ってからも、市内にはまったく敵部隊などの残存していないことが明瞭となった。

広東の街はじつに美しいものにわれわれの眼に映った。りっぱなコンクリートの広い道路と、絢爛たる建築物と、みずみずしい街路樹とがあった。道路の両側の建物はことごとく、二階から張り出され、二階の下が歩道になっている。人影はほとんど見られなかった。

点々と支那人の影が見られ、ぽかんとしたようすでわれわれを見ていた。のこのこと軒下を歩いている支那兵があった。彼らはわれわれのトラックを眺め、べつに気にもとめぬふうで、前と同じように歩いていった。

市内に入るにしたがって、支那人の影が多く見られるようになったが、彼らはさかんに掠奪をやっているのである。

家はことごとく閉め切られていたが、何人か組をなした支那人や、汚ない老婆や子供たちが、家の中を覗き込んだり、竿を鉄格子から突っこんだり、扉をこじ開けたりしていた。非常にめずらしいもののようにわずかな姑娘《クーニャン》が見られた。重そうにいろいろなものをかついだ老婆が、われわれのトラックを認めると、あわてて露地に逃げこんだ。

群れをなして掠奪をはじめていた支那人たちも、遠くからわれわれを認めると、あたふたと散らばって逃げてしまった。遠くにまた、かたまってこっちを眺めている。

市政府に行く。豪華絢爛たる高層建築である。むろんだれもいない。屋上から広東市内を見下ろすと、じつに美しい緑につつまれた森の都である。ふと、宇土櫓《うどやぐら》の上から俯瞰した熊本の町を思いだした。すぐ前は中山公園で、まるで鬱蒼たる森林である。強烈な太陽を反射し、街は陽炎の中にある。廊下のいたるところに鶏頭の鉢が並べてあり、鉢には市政府新庁落成記念の字がある。部屋には贅沢な調度の類いはそのままにされ、カレンダーは二十日を示している。

長谷川部隊長が入口の石段に兵隊を整列させ、訓示を与えている。われわれの部隊は困苦の果てに遂に広東攻略の目的を果たした。しかしながら、皇軍の真価を発揮するのはこれからである、第三国との関係が非常にうるさい、第三国人に対しては十分に注意せよ、むろん掠奪行為など日本軍としてはあり得ないが、誤解を受くるごときことをするな、街上に米が落ちていても拾うな、われわれは進軍中も食糧に欠乏してきたが、武士は食わねど高楊子《たかようじ》である。

やがて休憩のため解散し、兵隊は市政府の中や、公園の中に入っていった。彼らはこれまでと同じようにかんばしくない足どりであったが、もはやなんとなく安らかな表情をたたえ、名所見物するお上《のぼ》りさんのようにもの珍しそうに、そのへんを少しばかり歩いた。それから、そんなことはどうでもよいというように中山公園前の歩道にいつのまにか集まってきて、腰を下ろし、横になり、まもなく眠ってしまった。

私たちの自動車隊はまもなく出発。市内にはいたるところに市民防空室というのがつくってある。郊外に出る。ところどころの壁に、抗日の文字が見られる。あるところの「打倒日本帝国主義」の、日本の二字はさかさまに書かれてある。山の横腹にもいくつも防空壕がある。軍医院、軍医学校等の横を抜ける。煙突に青いバナナの葉のようなものをくっつけ、樹木のように偽装したのがいくつもある。

粤漢線路に出た。貨車が何輛も放棄され、線路は錆びついていて、最近使用した跡はみとめられない。支那人がいろいろなものをかついでゆく。蝙蝠傘《こうもりがさ》をさして行くのもある。付近の樹木に油蟬がいりつけるようにしきりに鳴いている。広州市自来水管理処増歩水廠に着く。一人の老兵が残っている。

案内をさせると、内部の装置はめちゃくちゃに破壊されていて、用をなさない。そこを出て、電燈会社に行ってみたが、これも無残な廃屋となっている。水道も電気も役に立たない。出口に真っ赤に塗った人力車がたくさん並んでいるが、だれもいない。出る。

付近の樹木に、白い花、黄色い花、桃色の花、真紅の花などが繚乱と咲き乱れているのに眼を惹かれた。房々とみのった稲田の間には、一面に黄色い菜の花畑が見られた。稲田には、日本の田園で見ると同じ案山子《かかし》がか幾つも立っている。上陸直後、松の木を見たときに非常に懐かしかったと同じように、その一本足の案山子がなにか嬉しかった。

ふたたび市内に入る。敵影のないことに案心した兵隊は、ぎっしりつめられたトラックの上で居眠りをはじめた。四つ辻には櫓《やぐら》を組んだように高く、街幅いっぱいの幕に抗日宣伝画が描かれている。いたるところの壁は、そういう絵と文句と伝単とで満たされている。

広東精神をしきりに高調し、「誓吠鉄血保衛我們的領土」「擁護領袖抗戦到底」「一個政府一個主義一個領袖」「全国民武装起来駆逐倭寇出境」等、無数のスローガンと、広州市民衆抗敵後援会宣伝委員会製、広東青年抗日先鋒隊等、無数の抗日団体の名が見られる。「有銭出銭有力出力」というのはいたるところの戦線で見たが、ここでは、「有銭出銭無銭亦出銭」という伝単があった。病人や不具者の群れが多く見られた。

乞食がたくさんいた。癩病と思われるものが、何人も軒の下に横たわっていた。それらの乞食たちは、われわれが近づいてゆくと、わざわざぼろぼろの衣服をめくり、わななく手で糜《ただ》れた患部をわれわれの前に示すのだ。それからへらへらりと笑うのである。われわれは早々に退却をする。

やがて、市中に日本の兵隊の姿が見えはじめた。第二回目以後の掃蕩隊が入ってきたのである。彼らも敵兵がいなくて、手持ち無沙汰のようすに見受けられる。ある街角に三人の外国人が立っていた。彼らの手には、長い三角の旗が持たれ、ハーケンクロイツのマークが見られた。これらのドイツ人は満面に笑みをたたえ、われわれが過ぎて行くと、バンザイ、アリガトウ、と歓迎の声をあげた。

われわれのトラックは街を抜けて珠江の河岸に出た。濁った流れの対岸に密集して並んでいる家々にもまったく人影が見られない。芝居の書割《かきわり》のようである。川に浮いている舟にもだれもいない。この珠江には花亭《ファンテン》という有名な舟があると聞いていたが、もとよりそのようなものは見当たらない。ただ繋がれている数隻の舟の上に、ごろりと転がったり、坐ったりして、何人かの異様に汚れた支那人がいる。われわれが行くと、なんにもいわずに、腐ったような皮膚をわれわれに見せてくれる。

河南へ渡るための海珠橋は近代的な立派な橋である。私たちがもう一つの電廠を検分するために、その付近で自動車を棄てると、あまり遠くないところから火の手が上がった。風に煽られて、ばりばりとすさまじい音を立て、見るまに赤黒い焔をあげて、海珠橋の方へ燃え拡がってきた。狭い露地内にかたまって隠れていたらしい多くの支那人たちが、算を乱して逃れてきた。女や子供が多かった。紅蓮の焰を見ながら、われわれはいかんともするすべがなかった。

外国人が何人も河岸を歩いていたが、英国人らしいのが近づいてきて、

「日本の兵隊をぜひ写真に撮らしてくれ」

といいだした。

「自分は新聞記者である、この歴史的場面に出会ったことは一代の光栄である、自分は堂々たる日本軍に敬服した、先刻そこで支那人が放火しているのを自分は見た、いい具合にそれをカメラにおさめた、軍紀整然たる日本軍と対照して発表したいのだ」

というような意味のことをしきりにいった。

また他の英国人は、しきりにわれわれに握手を求め、早口でなにかしゃべる間に、バンザイ、アリガトウ、という言葉をはさんだ。さっき街角で同じように、バンザイ、アリガトウを繰り返した三人のドイツ人が、ナチスの旗を振りながらやってきた。

河岸伝いに支那兵がやってきた。一人は軍帽をかぶり、一人は鉄兜をかぶり、敵国の兵隊が集まっている所へ、その勇敢な正規兵は、のこのこと近づいてきた。どちらも精悍な若い兵隊であ

る。われわれのそばまで来て、彼らは何かいった。通訳が話をした。いろいろ話しているうちに、彼らはしだいにおどおどした様子になり、ぶるぶるふるえだした。彼らはさっき平然とわれわれに近づいてくると、

「お前たちは、どこの兵隊だ」

といったのである。彼らはもともと百姓であるが、現在は一六〇師所属であって、内乱がおこったからといって動員され、戦線に出されたのだという。どちらも銃は持たないが、剣を吊り、雑嚢には手榴弾を二つ入れている。

「早く武装をといて軍服を着換え、士民になって国へ帰れ」

といって放してやった。何度も頭を下げ、もと来た方へ引っ返していった。

一軒の家の前に一人の支那人の屍骸があった。数時間前に殺されたらしく、まだ血が生々しい。兵隊ではなくて普通の市民である。横の壁に、「日寇掠奪後惨殺誓復仇」と墨で書いてある。あきらかに支那人が掠奪に入り、殺したものである。日本兵がやったと見せかけるための落書だ。殺されていたのを見たのは一ヵ所であったが、無残に掠奪した後に、日本軍がやったのだ、というふうに書いたのは数ヵ所にあった。兵隊はそれを消した。

沙面に出た。クリークをへだてて、一角が島になっている。外国租界である。厳重に、有刺鉄線の柵を張りめぐらし、その鉄条網の向こうに、いくつも頑丈なトーチカが見える。フランス租界の入口と、英国の租界の入口とに架かっている二つの橋も、重々しい鉄門によって閉ざされ、歩哨が立っている。深々した樹木におおわれた中に洋館が並び、西洋人がたくさんこっちを眺め

ている。

銃をになった兵隊が歩いている。われわれのトラックが河岸を通ると、沙面からさかんに写真機を向けたり、映画を撮影したりしている。橋のところには自動車がずらりと止まり、米国、英国、ドイツ、フランス等の旗がそれぞれ立てられたり、天井に張られたりしている。立っている歩哨の兵隊は、われわれに向かって、やあというような笑顔を見せた。

洋館建ての中に、「都ホテル」という看板が見え、はっとする思いであった。ここは数百人の日本人がいて、小学校まであったのである。むろん、いまは一人もいないだろう。いくつもの外国旗を眺め、私はなにか腹立たしい思いに駆られ、その中にわれわれの美しい旗を、一時も早くいちばん高いところに立てたいと思った。

帰る。市政府の方に回ると、われわれのトラックの走る鋪道には、ずらりと日本の兵隊が眠っていた。まるで死んだように、だれも起きていなかった。私はその昏々と眠る兵隊の姿に胸が痛く、いつとなく涙があふれてくるのを押さえることができなかった。私はその逞しさに恐ろしさを感じた。その恐ろしき兵隊たちの、上陸以来、はじめての泥のごとき安眠であったであろう。気がつくと、トラックの上ではまた、兵隊たちは居眠りをはじめていた。私も、もとより、眠かった。

最後に、財政庁と省政府を検分する。市中の大きな建築物の屋根には、たいてい、何段にも櫓が組んである。空襲よけである。財政庁はそのままに残っていたが、省政府は無残にも爆撃されていた。立派な防空壕がある。余漢謀の居室であったと思われるところは、瓦礫と化してあとかたもなかった。

われわれが帰る壮麗な鋪道には、ほとんど支那人の姿がなく、無数の蜻蛉《とんぼ》が街いっぱいに飛んでいた。まったく人間のいない、人間のつくった絢爛たる街に、手持ち無沙汰のような夕陽が明かりを落とし、落莫たる寂寥と哀感とがみなぎっている。

軍官学校のわれわれの部屋には板でつくった粗末な寝台があった。蒲団も毛布もアンペラもなく、その板の上に寝ることにした。新聞記者たちは蠟燭の光をたよりに、せっせと原稿を書きはじめた。われわれは乾杯すべき一杯の酒もなかった。さっき晩餐の折りに、茶で祝杯を挙げたのである。

私は板の上に転がり、上陸以来はじめての読書というものをはじめた。その本は、久米正雄の『破船』であって、それは、省政府の廃墟の中に、泥と灰にまみれ、表紙がちぎれて埋まっていたのである。

蠟燭の光で読んでいる私の耳に、記者君らが原稿紙の上に走らせる鉛筆の音が、機関銃の音のようにつたわってきた。遠くで砲声がしているようにも思われた。

『破船』の小さい活字をむさぼるごとく拾い読みながら、私の頰を涙がたらたらと流れるのを私は感じた。

十月二十三日

今日もよい天気である。不思議な青さを感じさせる空にはまったく雲がない。きらきらと眼に痛い青さである。昨夜は少し寒気をおぼえたが、今日は暑いくらいである。

庭には戦利品の武器が並べられている。最新式の速射砲が大部分で、多くの弾薬、装甲自動車、加農砲《カノン》等もある。見ているうちにも、トラックにそれらの物が積まれて運ばれてくる。広い軍官学校の庭がところ狭いまでになる。私はつぎつぎに増してゆく支那軍の武器を眺めていたが、忙しそうに動いている日本の兵隊の間に、ちらと支那人の姿を見た。それが葉春英であることはすぐわかった。この下涌墟から日本軍の進撃と行をともにした支那の兵隊は、水桶をかついで、見向きもせず、さっと管理部の横の背戸に入ってしまった。私は、彼が下涌墟で捕えられたときに、自分がいなくなれば陋屋《ろうおく》に餓死するであろうといった彼の白髪の老母はどうしているであろうか、と、ふっとそう思った。しかし、このとき、いかなる理由からか、ああ彼の老母は健在である、と私には確信されたのである。私は、同時に、私の健康を気づかって、あまり水をのむなといった支那の兵隊のことを思いだし、どこにいるであろうかと思った。

広東の方角と思われる空に、もうもうと立ちのぼる黒煙が見られた。昨日から燃えはじめた海珠橋畔の火災はいまだに消えず、その後も頻々として各所から火の手が上がっているということである。まっ青な空に墨を撒いたようにそれらの煙が、濃くなったり淡くなったりして、流れた。

夕刻、新聞記者といっしょに野原大尉の部屋に行く。祝杯をあげるべきだが、なにもないからと、野原大尉はいいながら、支那のビスケットをわれわれの前へ出した。それから、みちがえるばかり日に焦げた美しい頰に微笑をたたえ、明快な口調でいろいろな話をした。

（二）二十二日午後三時五分に新鋭部隊は虎門砲台付近の大角頭に上陸成功、つづいて前進中である。

(二)二十一日に中支軍は大冶県城を占領、陽新、潭浦《たんほ》、蒼継の線を占領確保、漢口戦は非常に活気を呈し、怒濤のごとく武漢へ向かって進撃中。

(三)○○部隊は進和市入城、粤漢線に沿い、引きつづき北上中の小池、野副両部隊は良田占領。

(四)日本軍は必勝の信念をもって戦い、支那軍は必逃の信念をもって戦っているのである。

(五)広東市内は占領後といえども兵隊を入れることなく、警戒確保されてある。それは第三国との関係があるからである。かくして治安の回復も迅速であろう。ただ、便衣隊によってさかんに放火されている。先刻、寺町部隊の兵隊が放火の現場を押さえ、押さえた便衣の支那人を取り調べたところ、それは敵軍の大尉であった。しかし、それは余漢謀直属の将校ではなく、蔣介石から直接指令を受けてやってきたものである。だいたい広東軍は蔣直系軍とは異なり、従来はやはり蔣介石の眼の上の瘤《こぶ》であったので、この際にあたって、蔣介石は直属の密偵を放ち、日本軍の侵入を待って、瘤である広東を焦土と化そうとはかったらしい。一石二鳥を狙ったわけだ。

(六)鹵獲品《ろかく》、速射砲(対戦車砲)百門、牽引車つき十五サンチ数門、水陸両用戦車十台、装甲自動車三十五台、トラック三百台、高射砲十門、列車数輛、山砲十五門、遺棄死体六千、機関銃、小銃、弾薬無数、これは現在までの数字で、ぞくぞく増加中。

それから最後に、

「今回の広東攻略戦は、軽少なる損害によって多大なる戦果をおさめた。かつ、その迅速であったことは驚嘆すべきであって、余漢謀が内通して降伏したというデマさえ飛んだほどである。兵隊が十日間というものはほとんど満足に食わず眠らずであったことは、われわれも十分に知悉《ちしつ》している。かつ、この炎熱下にあって、いかに難行軍であったかはだれよりもわれわれが了解している。しかしながら、われわれとしては、大目的のために、心を冷たく、鬼にしてやった」

と野原大尉は結んだ。

美しい夕暮れがきた。まったく一片の雲をとどめない空は、きらきらと白い光を振りまくように眩《まぶ》しいのである。木の寝台のある私たちの邸宅は、花園によって取りかこまれている。真紅の花弁をつけた仏桑華の垣根がある。白粉花《おしろい》や、三色菫《すみれ》や、名も知らぬ草花がある。庭にはまた緑のふかぶかとした榕樹《ようじゅ》やユーカリや合歓《ねむ》の木がある。檳榔子《びんろうじ》も数本羽をひろげたように丈高く聳えている。私たちの入口のすぐ前には二本の菩提樹があって、薄紫の花を一面につけている。夢のような花である。

その梢に一個の鳥籠が吊るしてあった。それは以前からあったのか、兵隊がどこからか持ってきて下げたのか、それはわからない。わからないが、それはどちらでもよい。一羽のカナリヤがしきりに鳴いている。ふっくらと卵色の羽をひらつかせて、いそがしそうに狭い籠の中を飛びまわり、笛のような声で啼《な》く。私はひもじくて落ちつかないでいるのかと思い、籠の中をのぞいてみた。籠の中には、ちゃんと餌皿もあり、水まで入れてある。私は心なごむのをおぼえ、つくづくと珍しいものを見るように美しい小鳥から眼を離さなかったが、私はふと、籠の底に敷いてある紙片に気がついた。

それは小鳥の糞を受けるために敷いた新聞紙であった。新聞紙であったことはなにも不思議はないのだが、私はその支那新聞紙の記事に眼がとまったのだ。それは大きな活字で書かれた戦争の記事であった。

「我軍追撃殲滅敵軍潰乱遺屍遍野」

「日機轟炸我無損害敵機五架撃墜敵将捕虜」

そういう見出しが読まれた。すると、私ははたと膝を打ち、この可憐なる一羽の小鳥は、この思想の上で、さっきからせかせかと落ちつかないのだと思ったのである。

「おうい、時間を合わせてやるぞう」

と門のところで兵隊の怒鳴っているのが聞こえた。熊のごとき兵隊が、手に懐中時計をのせてわめいている。私たちはほんとうの標準時間など、いままでまったくわからなかったのである。めいめいの時計はことごとく異なった時刻を示し、どれが正しいのかまったくわからなかった。

「おうい、これは日本の時間だぞう、六時十三分じゃ」

と、その熊のごとき兵隊は銅鑼声《どらごえ》で叫び立てた。無電かラジオかで合わせたものらしい。

「それ、日本の時間かあ」

と家の中からほかの兵隊が怒鳴り、

「ああ、日本の時間じゃあ」

とその兵隊が門のところから答えた。私もポケットから時計を取り出し、その時刻に合わせた。

悲しき兵隊

——傷痍軍人たちの戦後

一

娘々廟《ニャンニャンびょう》のよごれた仏像の頬に、細い十目蠟燭《ろうそく》の光がゆらめくのを、寝ころんだまま、見ていた。ふっくらと顎が大きく二重にくくれ、いまにも笑いだしそうな人間じみた顔である。砲車から放たれた輓馬《ばんば》たちのいななきが、夕方から聞こえている。夜ふけになっても、それが絶えなかったが、何時ごろだったか、それにまじって、ふと、チャルメラのような音が聞こえた。笛のようでも、ラッパのようでもあった。遠かった。歩哨線で、靴音があわただしく交錯し、なにか喚いている声が少時してから、乱戦になるまで、わずかの時間だった。数発の風を切る小銃弾が鞭でたたくように、屋根瓦のかけらを散らしたのを合図に、敵襲という金切り声は、廟の外壁に手榴弾がはげしく炸裂《さくれつ》するよりも、あとだった。包囲されてしまうまで気づかなかったのである。

ずっと近くに、また鋭いチャルメラの音がおこった。これまで数回聞いたことのある中国軍の突撃ラッパにちがいない。しずまりかえっていた廟内外が、にわかに混乱におちいった。横になっていた早川弥二郎上等兵が飛びおきたことは、いうまでもない。同室にいた十人ほどの兵隊も立ちあがった。早川はとっさに、仏像の横の蠟燭を吹き消した。短銃の安全装置をはずし、廟外に走り出た。入りみだれる黒い人影、叫喚、綱を切って走りだす馬、がらがらと当てずっぽうにひきだされる砲車、交錯する弾丸、盲目《めくら》うちの砲弾の炸裂、暗黒のなかにひらめく火花、なにがなにやらさっぱりわからない。前方には昼間から歩兵部隊が出て、前哨陣地をつくっているはずなので、後方の砲兵隊では、まったく敵襲ということを予想していなかった。形式的に歩哨は立てたが、抵抗線の準備など、まったくしていなかった。寝こみを襲われたのである。敵は爆薬をしきりに投擲するらしく、地をゆるがす轟音がつづけざまに鳴りひびき、やがて、廟は火を発して、あたりは赤々と照らしだされた。祭仏の笑顔の首が不気味に大きく浮き出た。

白兵戦になると、銃はかえって邪魔になる。早川は軍刀を引き抜いた。考える余地もない急激の興奮で、逆上したようになり、焔の光にうつしだされた一人の中国兵にむかって、長い刀を棍棒のように、打ちかけていった。砲兵上等兵という階級によって、剣を帯びているだけであって、中学校の英語教師をしていた早川に、剣をあやつる伎倆のあるわけはなかった。殺さなければ、殺される。その本能の勇気にしたがって、無我夢中に殺到したのである。中国兵の細い顔のなかの二つの眼と、一つの口とが、異様な叫び声とともに、くわっと開かれるのを見た。恐怖の表情が硬《こわ》ばったように定着したが、そのむきだした白い歯は、嚙みつきにきたような錯覚を早川にあたえた。咽喉《のど》のやぶれる唸り声とともに、早川は軍刀をすくんでいる相手にたたきつけた。中国兵の顔が、ぎゅっと鼻を中心にしぼまり、片手で刀をつかむようにして、前のめりにたおれた。その右手が肩のつけ根のところから背中に、はすかいに、襷《たすき》をかけたように載っている。瞬間、奇妙な感じを受けたが、それは判断ではなかった。緑色の服の肩の角へ、血がふくれるようにわいて出てきた。

乱闘のなかで、早川はそれから自分がなにをしたか、まるで記憶がない。咽喉の痛さと、刀をふりまわす右腕の重さとを感じているだけで、人影と、弾丸と、火薬と、さまざまの物音のなかを、無意識にかけずりまわったにすぎない。時間の経過なども、むろん、わからなかった。

気がついたとき、早川は顔の焼ける熱さを感じた。地上に横たわっている自分を知った。廟宇《びょうう》は大半は燃え落ちたが、「誠心感応」の大額のある部分が残って、火の粉を散らしている。それを支えた梁《はり》がめろめろと赤い焔にねりまわされるように回転しながら、飴のように曲がって、頭上から落ちかかろうとしていた。思わず、悲鳴が出、首がすくんだ。逃れるために立ちあがろうとした。ところが、身体が動かないのである。急に右手に痛みをおぼえた。見ると、二の腕から先が砲車の下じきになっている。すさまじい炸裂音と、光りながら頭上から倒壊してきたものの恐ろしさに、さっきは気をうしなったのだった。早川はおどろいた。あわてた。恐怖で青ざめた。強く引っぱった。横だおしになった重砲の車輪は、そのうえに積みかさなった楼門の梁の重味をもくわえて、早川の腕を地面にめりこませる。やっと身体だけおこして、渾身の力をこめて引いた。腕は抜けるどころか、動かすことによって、さらに強く、轍《わだち》が膚に食いこむ。盛夏の討伐戦なので防暑衣の袖は肱《ひじ》までしかなく、生身が鉄輪に噛まれているのだ。早川は狂気のようになった。

熱気と火の粉をしたたらせながら、燃えさかる大額が、頭上へ曲がりながら近づいてくる。木材であるから、ある湾曲点へくれば、折れて落下することは当然だ。さらに、早川を狼狽と恐怖に駆りたてたのは、なおも交錯し炸裂する弾丸と、いちだんと近く鋭く聞こえたチャルメラの音だった。人影があわただしく走り去るけれども、だれも見むきもしない。このとき、錯乱した早川の眼に、かたわらに抜き身の軍刀のころがっているのがうつった。自分のだった。ふいに、にたっと笑った。この微笑はなんであろうか。早川はこれまでの生涯にかつて自覚したことのなかったものが、自己の内部に棲《す》んでいたことを、このとき発見したのである。もっともそのときは、そのことを全然意識してはいなかった。反射的に、その内在していた妖怪は、早川を一つの堅確な行動に駆りたてた。

軍刀は左手のとどく距離より、すこし遠かった。早川上等兵は、はさまれた右腕を軸にして回転し、ふたたび身体を横たえて、足で剣を引きよせた。それを左手でとると、力のかぎり、轍に噛まれている自分の腕にむかって打ちかけた。さすがに見るに耐えず、眼をとじ、天をあおぎ、一撃ごとに、苦悩のため、大口あけて、異様の叫び声を発した。にぶく重い音、顔にはねかかってくる生ぬくい飛ばちり、何回目かを打ちおろしたとき、どっと突き飛ばされたように、後ろにたおれた。切れたのである。助かったと電撃のひらめきで、噴火山のような吐息が出た。耳に、近々と、集団の足音、聞き馴れぬ異国語の叫び声が、みだれて聞こえた。バネ仕掛けのように、はねあがった。早川は剣を群がる人影にむかって投げた。そして、短くなった腕の乱暴な切り口を、上衣をはだけた胸のなかに、左手でしっかとかかえこむと、方角をわかたず、焰から暗黒のなかへ走りだした。後方から、弾丸が耳をかすめた。

二

北ビルマのフーコン地区は、起伏の深い谿谷《けいこく》と、陽を掩《おお》うジャングルとの果てなき連続である。インパール作戦と呼応して、インド国境近くまで進出していた菊兵団は、十数倍の敵に追いまくられて、カマイン付近へ退却したときには、兵力は、十分の一に減じていた。一個中隊、零名というのはいくつもあり、多い中隊でも三十名を超えなかった。

　前進よりも、退却の方がむつかしい。攻撃より、防御がむつかしく、勝利よりも、敗北の方がむつかしい。兵力の大半をうしない、残存部隊をこれ以上そこなわずに、フーコン地区から安全に撤退しようというためには、殿《しんがり》部隊の苦難は、並み大抵ではなかった。百合野中尉は、その折りに、負傷したのである。百合野は、幹候で任官すると、すぐに補充として、ビルマに送られ、いきなり、小隊長として潰走する戦線に投げこまれた。兵力が急減し、指揮官がつぎつぎにたおれると、小隊長や伍長や、上等兵がしなくてはならなくなり、たちまち中尉に昇進した百合野は、まもなく、中隊長、負傷したときは、大隊長代理だった。

　雨季で増水し、すさまじい濁流と化したモウガン川に沿って、部隊は逐次、南下した。サズップからラバン、モロコンをへ、パクペンバムの丘に来て、百合野大隊は、本隊の転進を援護するために、ジャングルのなかに、陣地を構築した。そのとき、紅顔の大隊長の率いる兵力は、二個中隊と本部、配属山砲を合して、五十七名、編成当時の一個小隊の兵力しかなかった。おまけに、武器、弾薬、食糧、すべて欠乏した傷病兵部隊、三十八度以下の熱病、軟部貫通銃創は患者とみとめぬという規定によって、わずかに戦闘力を保持しているのだ。しかし、その兵隊たちがなお任務を遂行したのである。

　陣地や、待避場を掘るのに、十字鍬も円匙《えんぴ》もない。帯剣や手で掘り、どの兵隊の手の指にも、爪というものはなくなっていた。元禄模様か櫛の歯のように、敵味方の戦線は入りみだれていて、前後左右の敵にたいする陣地構築は容易ではなかった。

「隊長、どげんしまっしょうか」

中隊長の吉木直吉軍曹が、持ちまえの緩慢な口のききかたで訊《き》く。中隊長は大隊長より年がひと回り以上も上である。

「蜻蛉《とんぼ》眼陣地でも、つくろうかね」

笑いながらいうと、

「そりゃ、どげん陣立ですか」

吉木には、たいていのことが、一言でわかったためしが少ない。

「低いところに、敵にわからんようにつくるのもええが、それには兵力がよけいいる。しかたない。すこし危険だけど、高いところへつくって、四方八方見えるようにした方がええ。蜻蛉の眼のような工合にやるんだよ」

「わかりました。それ、よかですな」

豪雨が斜面の樹木を横だおしに押し流していくはげしさで、せっかく陣地をつくっても、刀や手で掘った浅い穴は、たちまち水びたしになったうえ、形をくずされる。百合野はマラリアが雨のため再発というより、なおる間がなく、高熱がつづいて、目まいがして立っておれぬことが多かった。小柄の丸顔に、糸で耳に結んだ近眼鏡をかけ、女のような声を出すところは、どう見ても三軍を叱咤する大隊長とは見えない。しかし、はじめ赴任してきたときには、たよりなさそうな顔をした隊員たちも、その堅確な判断、実行力、機智、人情味、それから美しい眼と微笑とに、信頼をおくようになっていた。

飛行機、戦車、大砲、機関銃、迫撃砲、こちらが素手なのに、敵はありたけの武器兵力を動員して殺到してくるのでは、勝負にはならない。おまけに、こちらの古風な平面作戦に対して、敵は近代的立体作戦である。蝨《だに》のように、ただ陣地にへばりついているだけが能の防御戦法では、ひとたまりもなかった。百合野大隊は、爆弾と砲弾とのシャワーを浴びてジャングルのなかで、微塵になった、それでも、数日、敵の追尾力を停止せしめて、まがりなりに、本隊の転進を完了せしめたのである。

百合野は、空中からの機銃掃射で、右足先を砕かれた。靴の外に血がにじみ出たが、部下には大したことはないといい、当番兵の背に負われて、戦闘の指揮をした。軍靴のはきかえなどあるわけもなく、やがてこれも右腕を負傷した当番兵の背を借りるのをやめ、肩にすがって、跛《びっこ》をひきひき歩いた。パクペンバムの丘を降りて、ジャングルの沼のほとりに集結したときには、二十一名に減っていた。本道路は敵で一杯なので、伐開路を抜けていったが、径《みち》と名のつくものはなく、崖を攀《よ》じて降りたり、胸まで腐水のたまっている沼や淵をわたったり、渦をまいている赤泥の流れを泳いだりした。崖から谷へ落ちる者、極度の疲労のため、濁流にのまれる者があって、なお数名をうしなった。

やっと本隊と合して、百合野中尉は、軍医の診断を受けたが、顔中髭《ひげ》だらけの松島大尉は、一目見たきり、濃い皺を眉につくって、どうして怪我したとき、すぐ靴をぬがなかったのだと、怒鳴りつけるように、いった。かわりがなかったからだと答えると、――龍舌蘭の葉ででも、芭蕉の葉ででも、どうして草鞋《わらじ》をつくってはかぬか。みんな兵隊たちは、そうしているではないか。

跣足《はだし》の兵隊もある。これでは中の足は腐って腫れてしまっているから、靴をぬがすこともできない。おまけに、皮膚と靴の革とが、血と膿とで密着しているので、靴だけ切り破ってとるわけにもいかなくなっている。こうなったら、もう靴といっしょに足首から切断するほかはない。よくこれまで敗血症をおこさなかったのが不思議だ。もう一日放っておいたら、命にかかわる。若い兵隊はしようがないな、――

「ちょっと、待って下さい。どうしても、足は切る以外に方法がないのですか」

「ない」

「そしたら、もう戦闘ができなくなるではありませんか。お願いです。そんな残酷なことしないで下さい。切らないで、もとのように治して下さい」

「全然、方法がない」

百合野の幼い唇のなかで、歯の鳴る音がし、美しい眼から、ぽたぽたと涙が落ちた。

三

弾丸がどっちから来ているのかわからない。四方八方から来て、防ぎようがないので、ただ首をすくめて、散兵壕のなかにへばっていた。このジャングルの無神経な蝉は、砲弾の音にも鳴きやまず、全山が油で煮たてられているようである。そして、ときどき高い梢から飛ばす小便が霧になって、そのなかに虹があらわれる。その環のなかを縫って、砲弾が落ちてきた。

聾《つんぼ》になるように、耳が痛い。雑草や、葉のついた木の枝で、遮蔽をしているので、自分の姿は見えないはずだという安心はあったが、一人一人を狙撃しているわけでなく、陣地全体を狙っているのでは、いつ頭上に砲弾が落下してこないともかぎらない。欠片《かけら》や、石ころや、うちくだかれる樹木の梢は間断なく身体をかくしている偽装の叢《くさむら》のうえに、散ってくる。

吉木軍曹は、全身ぐっしょり汗にまみれ、小きざみにふるえながら、しきりと祈っていた。鎮守の森のたくさんの小石をのせた鳥居が眼に浮かぶが、その氏神に願をかけていたわけではなかった。出征直前に死んだ父の新しい位牌のかざってある仏壇が、しきりとちらつくが、それに命ごいをしているのでもなかった。茄子《なす》のような母の顔、自分には過ぎものといわれた女房糸子のいくらか角ばった白い顔、出征して満州にいる弟平吉のトマトのような顔、それらの顔が石鹼《シャボン》玉のようにふらついて、上になり、下になり、横に飛び、交錯して、消そうと思っても消えないが、それらの顔が自分を守っているとも思わない。これはこれまでの多くの戦闘、シンガポール攻略戦以来、死地におちいるような激戦のたびに、吉木直吉にあらわれてきた現象であって、彼はその心影に翻弄《ほんろう》されながら、あるいは翻弄しながら、ただ、単純に死にたくないとなにかにむかって祈っているだけなのだった。

しかし、だれしも死にたくないにちがいないのに、つぎつぎに多くの戦友が死んでいった。ことに、今度のフーコン戦はひどかった。日本でも有数の精鋭部隊といわれた菊兵団が、作戦開始以来、二ヵ月たらずで、十分の一になってしまった。戦友は遺骨をとるどころの騒ぎではなく、屍をジャングルや谷間にさらし、ある者は一片の肉も残さず四散し、ある者はどこで死んだかすらもわからない。上官からくどいほど読まされた戦陣訓に、「たとい遺骨還らざることあるも」とあるが、たといでなく、全部そうなってしまった。もともと百姓で、遅鈍であった吉木は、人間の死というものに麻痺してしまい、血や、屍や白骨にも、大した刺激を受けなくなった。しかし、自分が死ぬことは、やはりいやだった。そして、今度の作戦では、全滅に近い犠牲者を出したのに、その少ない生存者にふくまれて退却しはじめたということで、ここまで生きてきたのだから、どうしても生きたいと考えるようになった。生きられそうな気もする。ところが、いま、四方八方から砲弾を射かけられてくると、その根拠のない希望や予測がたちまちぐらついて、いまにも頭上に砲弾がきて、一瞬のうちに、生命がこの世から消えそうな戦慄に襲われる。

死にたくない、死にたくない、と、吉木はただ、自己の安全を祈って、自分が中隊長であるという任務をしばらく忘れていた。こういうときに偏狭な吉木には、他人のことなど考えられない。ふいと、発作的に、だれの姿も見えないのが、不安になって、そっと遮蔽の叢から、あたりをのぞいてみた。部下の兵隊の姿はない。だれもいない。故国を何千里離れた場所に、たった一人、ぽつんといるような広大な寂寥感で、吉木はなにか喚きたくなってくる。砲弾にあたらばあたれ、敵に発見されればされろ、木の枝をはねのけて躍りだしたくなる。

「中隊長」

だれかが呼んだように思った。

孤独の寂寥から呼びさまされて、吉木は思わず、

「おおい」

と答えて、腰を浮かした。

なにでたたかれたのか、すさまじい音と衝撃と火花とがいっしょくたになって、投げだされた吉木は、ただくらくらとしたばかりだった。一切のものが、眼前で逆転し、果てもなく深い奈落に引きずりおろされたと感じた。身体中が灼ける熱さで痛く、なにかへしたたかに打ちつけられたと思った瞬間、人事不省になった。

冷気で、眼があいた。あたりは暗黒である。夜だなと思ったきりでまた意識が不明になった。吉木は、それから、間歇的《かんけつ》に、気がついたり、眠ったり、死んだり、生きたりした。そのたびに、昼であったり、夜であったり、雨が降っていたりした。強い風に吹き散らされる落葉が顔に落ちかかったり、鳥が自分の体にとまっているのに、ぼんやり気づいたりした。頭脳の活動は停止していて、にぶい感覚だけが、気まぐれに、吉木の生命を呼びさましたり、眠らせたりするばかりである。幕のかかった朦朧《もうろう》とした眼に、飛行機の編隊がうつり、いつかうつろな瞳がそれをジャングルの梢越しに、追ったりすることもあった。蝿や蚊がむらがり、耳のかたわらを蜥蜴《とかげ》や蛇が這う音を聞いても、顔の筋肉は固定したままで、蛆《うじ》のわいている腕のなかを獣か鳥かわからぬのがきて啄《つつ》いても、身体は動かなかった。夜、硝子《ガラス》のかけらを投げちらすような巨大な螢があたりに充満するのを、星の空間に浮いているように、夢心地で感じた。それかと思うと、突拍子もない譫言《うわごと》をいった。

後になって、このときのことを吉木は思いだしてみても、時間の観念というものが全然なりたたず、六日間も瀕死の重傷のまま、ジャングルの泥沼のなかに放擲されていたということが、どうしても信じられないのである。しかし、たしかに、それは六日間で、爆弾のために吉木が吹き飛ばされた日は明瞭であったし、助けられた日も明確で、その間に、正確に六日を経過していた。

野戦繃帯所で、吉木軍曹は右手を切断しなくてはならぬことを宣告された。

「切った方がいいと思うが、どうするかね」

軍医は柔和にたずねた。

「どっちでも、よかですたい」

「そんなのんきなことをいって、いったん切ったら、もう継ぐことはできないよ。後方の病院に行けば、手当の方法がなくもないが、ここでは処置がつかぬ。たいへん気の毒だ。しかし、もう右手は蛆がわいているし、猶予していたら、全身に波及して、それこそ処置がなくなる。だが、この傷でよく生きておれたものだな。まったく、奇蹟だ。君は職業はなんだね」

「百姓ですよ」

「そうだろう。よほど鍛えた身体でないと、この傷には耐えられぬ。……どうするかね」

「切った方が、よかっとでしょうが」

「思いきっていま、切った方がよいと、僕は思う」

「なら、切って下さい」

「百姓するのに、先で、困るかも知れんが……」

吉木はふんというように鼻を鳴らし、縫いぐるみの達磨《だるま》のような全身を、ベッドのうえで、胸を張るようにそらせた。

「百姓は、片手でも、できますさあ」

四

花火の打殻のように、頭蓋骨が二つに割れているのに、その兵隊は四時間も生きていた。そうして、笑ってばかりいた。戦友たちが担架にのせて運んでくる間じゅう、うつろな声で笑いつづけ、兵站病院の手術台にのせられると、ちょっと笑いやんだ。怪訝《けげん》そうに、ものものしい白衣姿の医者や看護婦たちを見まわしていたが、ふたたび抑揚のない単調な、弱々しい声で笑いはじめた。

「クロロホルムだ」

長身の年とった軍医大佐が、無表情で、呟くようにいった。

頷《うなず》いた若い軍医が、薬を患者の鼻さきに持っていった。笑い声はしだいに弱まり、短い時間で、患者は動かなくなった。簡単に頭を繃帯されて、屍体室に運ばれていった。

碇信助は、これを見ていて、不可解な怒りがわいてきた。彼とて、その患者がもはや生存の望みのないことは知っている。手術の手段もないであろう。しかし、クロロホルムで眠らせ、そのまま屍体室へ入れるとは、なにごとか。戦場においては、生命も事務になる。そのことは、いやになるほど、見てきた。応召の赤紙が発端で、それ以来、兵隊というものは、もはや一個の生命としての尊厳、自由、というものをうしなっているのだ。現役から、そのまま、七年も転戦し、その間、数度の負傷、病気もしてきた碇軍曹は、いくたびか、その疑問と怒りとで、歯を噛む思いをしてきた。そうして、いま、また自分も、ブナ岬付近の戦闘で、左足を戦車砲でくだかれて、手術台にのせられようとしている。信助は、不安で、これまでになく動悸の打ちだすのを感じた。

へまをやった、と思った。戦車の出そうな道は全部偵察しておいたつもりだったのに、あんなに遠くから、速射砲を撃ちかけられようとは思わなかった。こちらには対抗する戦車隊がなく、飛行機もない。戦車が若干あるにはあるが、小山のようなM2の鉄装車にむかっては、こっちの豆戦車砲ははねかえされる。横綱と取的《とりてき》の相撲だ。したがって、いつでも、戦車戦闘は、工兵隊が破甲爆雷を抱いて肉弾攻撃をやる。ビール壜にガソリンをつめ、これを敵戦車の下に投げこんで、焼く戦術もとられるが、成功率が少ない。今度の攻撃も、破甲爆雷を使った。碇軍曹は、大工出身なので、はじめは橋梁工事や、築城を専門にやらされていたが、戦勢が逼迫してくると、部署などを守っていることは、許されなくなった。南海方面の平和な基地であったラバウルも、頻繁に空襲を受けるようになり、ニューギニアの各地に、米軍が上陸してくると、戦争は末期的症状、一種狂的な状態を呈するようになった。司令官の焦躁がただちに命令となって反映し、壮烈にして無益な攻撃がくりかえされ、いたずらに兵隊の犠牲のみが増した。

今度の戦車殲滅戦《せんめつせん》もそれで、殲滅されたのは、こちらであった。狡猾《こうかつ》な歴戦の勇士であった碇信助も、椰子林の中で、戦車の速射砲で左足を微塵に撃ち貫かれたのである。

手術台にのると、石炭酸の強烈な臭いが、むせるほど、鼻をえぐる。碇の巨体が動くたびに、古ぼけた寝台が錆びた音を立てて鳴る。さっきからの不機嫌で、不精髭の濃い、長顔に、太い眉が八字によせられている。

軍医大佐の顔を下から仰いで、

「私の足を切りますか」

脅迫するように、嗄《しわが》れ声をだした。

「仕方があるまいと思いますがね」

この軍医は、どんな下級兵にも、丁寧な言葉を使った。応召前は京都で有名な外科手術の大家で、博士であった。他の軍医のように、おしゃべりや、看護婦とふざけたりはせず、必要以上のことはいわなかった。

「切らないで下さい」

確信のあるもののように、傲然と碇はいった。

「どうしてですか」

「私は不具《かたわ》にしていただきたくないのです。私は、廃兵はいやです。もう親父の代だけで懲《こ》りました。親父は日露戦争の傷病兵ですが、左手が駄目で一生を棒に振りました。親父はみじめでした。子供の時分から見ていて、私にはやりきれなかったのです。このごろでは、傷痍軍人といって、国内では大事にしているらしいけど、戦争は一時、身体は一生です。私は父の二の舞を踏みたくありません。軍医さん、私の足を切らないで下さい」

はじめの脅迫めいた語調は、いつか哀願するように、変わっていた。

「でも、あなたの健康のために、左足を切断することが、最良です。入院以来、半月、慎重に診断した結果です」

「ほんとうに、最後の手段ですか」

「そうです」

「ほんとうに慎重に診断してくれましたか」

「そうです」

「僕は、そう思いません」

「どうしてです」

老軍医の眼がするどく、碇を見た。

「簡単にやらないで下さい。あんまりだ」

短気な碇は、もう興奮に逆上気味で、

「僕たちだって人間だ。同等にあつかって下さい」

「どういう意味です」

「安岡中佐殿の傷は、僕よりずっと深い。ひどい。それに、安岡中佐殿は、もう二ヵ月も入院してギブスをはめて、切らずに治そうとしている。知っています。僕が兵隊だからです。兵隊だから、簡単にかたづけようとしている」

「そんなことはない。安岡中佐とあなたの傷とは、まったく根本的にちがいます」

「騙《だま》しても駄目だ。僕のだって、切らずに治るはずです。お願いです。僕を不具にしないで下さい。廃兵にしないで下さい。わかっている。きっと、兵隊だからどうでもいいんだ」

「馬鹿なことをいってはいけない」

「いつでも、そうだ。俺は知っている。さっきの兵隊だって、頭蓋骨を縫ったら、生き返ったかもわからないのに、クロロホルムで殺してしまった。兵隊だからだ」

老軍医の眉がはげしく動き、

「クロロホルム」

するどい声が、矢のように若い軍医に投げられた。

「クロロホルム？　俺にか畜生、俺を殺す気か」

医者と看護婦総がかりで、碇信助は手足、頭をおさえつけられた。はげしく抵抗したけれども、負傷後の衰弱で、力が出なかった。頭のまえに白いものがちらつき、鼻をなにかきな臭いものが刺激するのをおぼえていたが、あとは意識をうしなった。

五

ラジオが警告を発している台風のさきぶれのような、音は小さいがどこかに鬼気をはらんだ風が、ひくい天空を笛のように鳴って過ぎている。雨をさそう湿気も、たそがれの空気に感じられた。人と車と店とでごったがえしている駅前の雑沓も、険悪な天候に気がねするように、どことなくあわただしげに見えた。

二階の欄干に沿った廊下に、将棋盤を持ちだして、ぱちぱちやっていると、

「お風呂はいかがでございますか」

女中が入口の閾《しきい》に手をついて、いいにきた。

碇と吉木とは、顔見あわせたが、

「先に入って、いいんですか」

碇信助が、両手のなかで駒を鳴らしながら、皮肉な口調で訊いた。べつに意識的にそうしたわけではなかったが、いつか習慣で、そうなっていた。

「ええ、どうぞ」

「後でもいいんですよ。ほかのお客さんが全部終わってからでも、かまわんのですよ」

「いいえ、ご遠慮なく。いま、どなたもいらっしゃいません。湯加減もちょうどよろしいです。御二人様、ごいっしょに入れます」

「入ろう」

と、吉木直吉がすこし興奮していった。

「ありがとう、すぐいただきます」

碇の言葉で、三十前後と思われる、面長の、眼の大きな女中は引きさがった。

「めずらしいこともあるもんだね」

床柱にもたれて、いつもの、碁石運びをやっていた早川弥二郎が左手の箸をおいた。はずされた右手の義肢が、書院づくりになった窓の敷台の上におかれ、うすれてきた外の光線に、にぶく銀色に光っている。早川はなるべく左手ばかりで用が足りるようになるために、練習を怠らない。碁盤があると、石をつかみだし、箸を左手に持って石をつまんでは移すのだった。右でもすべる碁石をつまむことはやさしくないが、早川は熟達して、このごろでは、巧妙になっていた。はじめは、二つ皿をおき、一方に入れた豆を箸で移動させる稽古をした。字もこのごろでは、どうにか左で書けるようになっていた。金属製の義肢では、こまかい仕事がなにもできないのである。

箸をおき、碁石をにぎって、そういうと、

「ふんとに、めずらしか」

鈍重な言い方で、吉木も応じた。もったいぶるように、すこし首をかしげ、関節の節くれだった頑丈な左手を、大きな鼻孔にさしこんで、しきりと、鼻糞をほじくる。つけ根からない右腕には義肢をはめていないので、白衣の袖が袋のように、胡座《ござ》をかいた右膝のうえにたれている。

「早川さん、入ったらどうですか」

「君たちが入んなさい。そういう順番じゃなかったかな」

「順番はいいですよ。僕たち、この一番、天目山、勝負をつけんことにゃ、やめられんですから、どうぞ、お先に。めったに、きれいな風呂に入ることはないですから」

「そうですか、そんなら、そうするかな。……百合野君は、どこ行ったろう？」

「隊長は、病院かも知れんですばい。汽車んなかから、小倉に行ったら、国立病院に戦友を見舞に行きたいって、口癖のようにいいよったですけん」

「そんなら、僕はお先に。すぐ、つづいて来て下さい」

早川は小型トランクから洗面袋をとり出すと、階段を降りていった。百合野が国立病院に行ったと聞いたとき、早川の眸は、皮肉の光を帯びた。軽侮のいろにも似ていた。早川にとって、国立病院の思い出は、快適ではない。もとは陸軍病院であり、厖大な戦傷病兵の集団を吞吐していたが、早川は二度とその門をくぐる気持はおこらなかった。考えただけでも、背筋に百足《むかで》の這うような、悪寒をおぼえる。別府の国立病院にいる、現在、行動をともにしている二人の戦傷者と知りあい、ある友情で結ばれるようにはなったが、そんなことで、国立病院の恩恵などを感じるわけもなかった。また、現在、四人組の廃兵たちが、方々を経めぐっては街頭に立ち、厚生資金の募集というものをやっていること自体の愚劣さにも、早川は嘔吐をおぼえる。したがって、国立病院を媒体としてつながる結縁、すべて不潔で、生命と運命との欺瞞、愛情の偽装、陥穽《かんせい》としてしか、早川には考えられなかった。それを、若くして世間知らずとはいえ、百合野が病院へのこのこと出かけて行ったと聞いたので、義憤に似た気持さえわいたのであった。

「ご案内いたしましょう」

廊下をうろついていると、先刻の女中が笑いながら走ってきて、先に立った。

浴室の硝子扉をあけると、新鮮な湯のにおいが心地よく鼻をついた。久方ぶりである。毎回、饐《す》えたような、においに馴れていた。多くの人たちの垢と油とで煮つめられたような、どろっと白濁した、毛髪などの浮いている終《しま》い風呂が、通常だった。

「熱かったら、栓をひねって、勝手に、うめて下さい」

女中がそういって去った後、早川はだれもいない化粧石の浴槽につかって、さらさらとした新しい湯を満喫した。飴棒のさきのようになっている右腕の先を、丁寧に、愛撫するように、タオルで洗った。じっと湯につけ、眼をとじていると、右腕はなくなっていず、あたかも手の甲や、指があるもののように、湯のあたたかさ、湯の抵抗を感じるのである。ひところは、腕がありもしないのに、蚊や蚤にさされたようにかゆくなって、左手を持っていったりしたことがあった。いまでも、ある。左足のない碇信助も、右手のない吉木直吉も、同じ経験があるらしい。ちくっと蚊に刺された痛みを感じ、あわてて手を持って、空間をたたいたことも、一度や二度ではない。

　早川ははるか遠い中華民国湖南省、洞庭湖畔の山間の、娘々廟のなかに残してきた自分の腕のことを考える。苦笑がわく。勇敢とは茶番であったのか。壮烈とは万歳であったのか。滑稽なる無価値である。名誉ある廃兵だ。故国では、新鮮な風呂にすら入れてくれないのである。行く先々の旅館のほとんどは、入浴は一番最後にして欲しいといってきた。そして、他の客といっしょに入らないように。それは宿屋の方針である場合もあり、客からの注文の場合もあるようだった。いずれにしろ、嫌悪をもって迎えられていることはあきらかで、宿についても（つくこと自体にもそれがあったが）、遠慮して、こちらから、入浴したいということは、いつか控えるようになった。すると、自然に、終い風呂になるのである。宿につく早々、明るいうちから、風呂をすすめられたことは、ほとんどないといってよい。とくに都会地ではそうだった。そこで小倉にきて、殷賑《いんしん》をきわめている駅前旅館で、夕食のはじまらぬ前に、風呂の案内をされたのが、破天荒の珍しさで、そしてうれしかったのである。

　このつぎ、どこで新しい風呂をもらえるかわからないので、早川は子供のようにはしゃぐ心で、ゆうゆうと湯槽《ゆぶね》に浸った。身体を洗った。頭から湯のなかにもぐってみた。しかし、そんなたわいもない哀れな幸福感が、すぐみじめになってきて、放心したように、天井を仰いだ。残忍な笑いが、歪んだように浮かび、早川はしきりと貧乏ゆすりしながら、左手の指の爪を噛む。

広島の郷家にかえってみると、自分の一本の右腕などは問題にならぬ悲劇がおこっていた。原子爆弾に一家は全滅し、わずかに、岩国の親戚の法事にいっていた母が、偶然によって難を逃れていた。父とともに一切をうしなった早川家。長男の英太は、シベリアからまだ還っていないし、生死のほども定かでない。扶養の責任者たる弥二郎が不具者となったため、老母は宇部の炭坑にいる弟のところへ、ひきとられていった。ことに、早川をたたきのめしたのは、恋人の死であった。永い間の悶着の末、やっと近親者の反対をおしきって、仮祝言をした。大仰にいえば、彼女こそ早川の生きる光であった。それが父と同じ瞬間にたおれていた。出郷の気がこのことによって強く兆《きざ》した。不具者を使うところはなく、碇信助に誘われるまま、四人組に加わり、愚劣な放浪の旅をつづけている。

早川の回想は、またも戦場へかえる。忘れようとしても忘れられない娘々廟の中国兵のことである。あの中国兵は生きたか、死んだか。生きているとすれば、右腕をうしなって、どういう生きかたをしているだろうか。殺戮《さつりく》と、罪悪と、そして、愛情との不可思議な混淆に、早川は息苦しくなる。この秘密はだれにも明かしていない。戦場における武勇伝のうすぎたなさ、恐ろしさ、人間の麻痺状態、精神の陥穽、早川は、ぶるぶると頭を振って、湯のなかにもぐる。

「まだ入っとるですか。上がるのを待っちょったばって、あんまり遅かけん、降りてきました」

のっそりと丸坊主の吉木が、左手にタオルをぶら下げて立っている。背後に、碇も片足で立っていた。家のなかでは、いつも、松葉杖をおき、壁をつたって、ぴょんぴょん飛ぶのである。

「あんまり、気持がええもんだから」

ごまかすように、勢いつけ、湯の音をはげしくたてて、飛びあがった。

「そうたい、こげんこた、三年に一ぺんにちがわんけん、わたしもゆっくり入ろう」

二人は、よごれた白衣を脱ぎはじめた。

六

外出の許可を、もらった。友人は片松葉杖なら自由に歩けるらしかったが、まだ長道はできない模様である。行く場所が、国立病院の門前のだらだら坂の中途まで、一町たらずのところなので、看護婦の付き添いもいらなかった。台風の気をはらんだ風が吹いていたが、まだ樹木の梢を騒がす程度で、病人を吹きたおす危険はなかった。

「二年ぶりだなあ」

白橋は、門前の回転焼き屋で、火を借り、煙草を吸いつけながら、たずねて来てくれた友人をなつかしげに見た。百合野が二十八という年齢より、三つ四つも若く、ときに少年のように見えるのに、同年の白橋は、ひどく老けている。角ばった青黒い顔には、不健康なこまかい皺が縮緬《ちりめん》のように寄り、眼の下にどす黒いくまがある。尖った顎は鳥肌のようにぶつぶつができて、吹出物に貼った膏薬が、一つ、体内のなにかの毒素を証明しているようだった。百合野は最初面会したときに、別人かと、その変わりようにおどろいた。手紙はやりとりしていたのだが、その病状の実際は会うまでわからなかった。どちらも、右足を切って、君もか、と急に親しみを増した書翰を往復させたが、会ってみて白橋の方は、百合野が昔とすこしも変わっていないことに、おどろいたのである。大村連隊で短期幹候の同期生だった。

「君は、どっこも、なんともないじゃないか」

そういったのである。

百合野は背広服に、編上靴をはいていたので、知らない者には、まったく健康者と見えた。右足首が義肢ということは、注意しなければわからない。同病憐れむ気持でいた白橋は、意外であったと同時に、ある嫉視《しっし》に近い羨望の念がわいたようだった。

「こっちが、一人前じゃないんだよ」

右足の靴をあげて、見せた。

「跛を引いてなければ、だれも足がないと思わん。その程度なら、就職だって、さしつかえないだろう。いま、なにをやっとる?」

「駄目なんだ。やっぱり、この足のおかげで、ルンペンさ」

「なにもやってないのか」

「なにも、やってない」

四人組の募金運動のことなど、恥ずかしくて話せなかった。

「それじゃ、食えんだろう」

「兄貴の脛《すね》かじりさ」

百合野が誘った家というのは、坂の中途でささやかな貸本屋を営んでいる若杉という男のところだった。若杉は百合野の中学時代の同級生で、白橋の方はまったく知らなかった。病院に行く前に寄り、金をあずけて、すきやきと酒と飯の準備をたのんであったので、二人が行ったときには、夕飯の支度がととのっていた。

百合野は、白橋を若杉に紹介した。

「久しぶりで、ゆっくり話したいと思ったんで、若杉君の家を拝借したんだよ。病院じゃ困るしね。……奥さん、迷惑をかけますな。これ、白橋といって、僕の同期生です。……一杯、行こか」

「あまり飲んでは、悪いんだ」

盃をとって、燗のついた酒を口に持っていった白橋は、口に含むか含まぬうちに、むせて、吐きだした。つづけざまに、苦しそうな咳をした。若杉の細君が、背を撫でた。

「飲みつけないもんでな」

おさまると、白橋は塵紙で、口の端をぬぐいながら、照れたように笑った。昔は酒仙といわれていた豪の者の面影はなかった。

病院の賄《まかない》は粗末でな、といいながら、おいしそうに、すきやきを食べた。がつがつという感じだった。箸を一度もおかない自分に気づいて、すこしはよかろうと、また盃をとった。今度は無事に咽喉を通過させた。青黒い顔に、朱《あか》みがさしてきた。

「百合野君、俺ゃ、もう駄目だよ」

静かな口調で、そういった。

「なぜだね」

「一生、廃人だ。回復の見こみはない」

「だって、君は、ちゃんと右足があるじゃないか。大腿骨折で、腐蝕しているなどというから、僕はもう切ってしまったのかと思ってたよ。切ったら、おしまいだ。つながっていたら、まだなんとかなる。戦地じゃ、設備や薬がなくて、やたらに、足でも手でも切ってしまったが、内地なら大丈夫だ。悲観することはないよ」

「慰めてもらわんでも、いいんだよ。君はのんきだなあ。なんにも知らない。国内の方が戦地より、もっとひどいかも知れん。戦争に敗けたら、なにもかも、おじゃんさ」

それには、百合野も同感だった。

「今度の、未復員者救護法というのは、ありゃなんだね。僕はがっかりしたよ。去年の十二月二十九日にきまったんだが、今年の一月から二ヵ年は、傷痍軍人を無料で見てやる、後は知らんというんだ。なにを基準にして、二ヵ年ときめたのか。二ヵ年以内に、全部全快させるというのか。それなら、ありがたい。なにもいうことはない。だか、二ヵ年で病気が全部なおるか。馬鹿にするな。僕のだって、おそらく一生の問題だ。二ヵ年だけ看《み》るが、あとは勝手にしろというのか。百合野君、病院にいる連中も、みんなこのことで、不安がっているよ。現在ここには三百七十人のうち、戦傷患者は五十七人だ、だが、ずいぶんひどい気の毒なのがいる。国家は弱い者は死んでしまえといってるんだ。それが国家の方針だ、君は戦地で怪我して、義肢をつけて、後ぐされがないだろうが、何万何十万という傷痍軍人の問題は、そう簡単にはかたづかないんだ。おまけに、もう、兵隊なんてものは、価値はないんだよ。戦争中は、あれだけ煽《おだ》てあげておいて、戦争に負けたら、林檎《りんご》の食い滓《かす》さ、国家だけじゃない。国民がみんなそうだ。病院でも面白いんだよ。治療というものは、兵隊という人格が単位になるんじゃないんだ。症状が単位だ。傷だけが問題なんだ。早い話が僕だ。大腿骨折で入院したら、そこだけは国費で治療してくれるが、その他の場所の故障は御自費だ。たとえ、それが原因で発生した余病でも、駄目なんだよ。そりゃ人間の身体は生身だから、長いことベッドに寝ていると、頭が痛くなったり、歯がうずいたり、胃を壊したりするよ。ところが、そういう余病は、一切、自費なんだ。手足を切断したりしても、あとがうまくいかん場合があるだろう。いったん、固定症状になって、退院したあとで、断端が化膿したりする場合も少なくない。それは、もう自費なんだ。僕だって、最初の大腿骨折よりも、入院してからの余病の方が重い。もう、僕の身体は病巣だよ。すると、みんな自分で治療費を支払わなくちゃならん。これが大腿骨折からきていることがわかりきっていてもだ。もっとも、医者で、大目に見てくれるときもある。限界がむずかしいんだな。君も経験があるだろうが、生活保護法とか、恩給というものも、変なもんだぜ。二階から目薬どころじゃない。そんなことで、恩を着せられるなら、かえってもらわない方がいいくらいだよ。……君は恩給はもらったかい」

「一時金を、もらった」

「君は将校だから、僕たち兵隊とちがうが、……」

「そんなこと、いうなよ」

百合野は、露骨に、気色を損じた。

「実際なんだよ。僕は成績がわるくて、軍曹でとまったばかりに、そのことがよくわかったんだ。戦傷者にたいする恩給は、去年七月までは五百円だったそうだが、今年はともかく五倍にはなった。二千五百円。もっとも、項款目症《こうかんもくしょう》の程度によって、若干はちがうが、二千五百円、一年にだよ。これで破格の値上げなんだ。これで、なにをしろというんだね。おまけに、階級によって、とんでもない差がつく。将官の小指一本と、兵隊の足一本とが匹敵するんだ。将軍連中に、片足や片手が、いったい何人いるかね。兵隊には、ざらにいる。両手なし、両足なし、失明、一人で、片手片足片眼なんてのもいるし、胴だけのこって、達磨みたいになっているのもいる。このごろでは、階級のことなどいわなくなったが、根本には、その観念は抜けていないんだ。いいさ、いいよ、それは仕方ないよ。お国のために戦ったんだ。お国のためなら、腕や足の一本二本惜しくないよ。だけど、それに対して知らん顔するというなら、黙ってはいられないんだ」

百合野は、興奮して語る白橋仁の言葉を、静かに聞いていた。このような饒舌が無駄であるとわかっていても、胸に鬱積していたものが吐きだされて、白橋の気が晴れるならば、それでもよいと思った。百合野はこういう消極的な寛容さで、いつも損の役目をつとめていたが、後悔はしなかった。四人組の募金団に入っているのも、まったくこの寛容と、弱気と、消極的ではあるが、ある奉仕観念にもとづいていた。旧部下の吉木直吉がいなかったら、今日にでも、集団を脱退するのである。

「君の言葉は、よくわかる」

相槌《あいづち》を打った。

「わかりますね」

と、若杉も、白橋の顔をのぞいていった。

「生活保護法だって、いい加減なものだよ」

味方を得て、白橋は、勢いづいた。煮つまった牛が鍋のなかで、こげくさい音を立てている。

「土台が、民生委員というものが、なっとらんからね。そりゃ、全部が全部じゃないが、地方の役員というものは、大部分がボスなんだよ。傷痍軍人が医療券をもらえるか、もらえないかは、民生委員の判定できまるんだ。だから、親兄弟がいたり、つながりに生活力のある者があったら、医療券はもらえない。民生委員に一杯飲ませりゃ出るところもあるそうだ。医療券がないと、義肢をつくってもらえないんだ。君などは、万事自費で賄えるだろうが、そうでないものが多いんだ。若杉さん」

と、家の主の方をむいて、

「義肢だって、この節、馬鹿になりませんよ。自弁する段になりゃ、七千円から一万円、大腿部からあるのなどは、一万三千五百円もしているんです。それで、一年ぐらいで、修理しなくちゃならんし、修理費だって、少々じゃない。それを、本人に買えといったって、ちょっと手が出ませんよ」

「そうだね、僕の戦友の中にも、そんなのが何人もある。吉木直吉とか、碇信助とか、みんなそうだ。医療券がもらえないんだ。碇信助なんて、親父さんが日露の廃兵で、苦心して習得した技術で、簡単な時計修理かなんかやっているらしいが、それを、父がいるからといって医療券をくれないんだそうだ。親父はほそぼそとその日暮らしがやっとなのに、碇のところには、妹で、戦争未亡人が二人もいるんだ。末弟は、特攻隊で戦死したらしいが、……そんな家庭なのに、医療券を下げない」

「そんなの、ざらにあるよ。ともかく、兵隊なんて、早くたばれというわけなんだよ。みんなくたばったら、そんな問題は解消するからな。……しかし、国家は無関心じゃないんだ。そりゃ知ってるよ。おえらがたは、なかなかお慈悲ぶかいからな。傷痍者保護対策委員会という政府機関が、ちゃんと集団的にあるんだ。たしか、県に事務局があって、学識経験者とかなんとかいうお歴々の委員が、五、六人いるんだ。予算もちゃんとあるんだ。それで、使わんわけにゃいかんから、ときどき、お義理の集会を開いて、飯食って、酒飲んで、ではこのつぎまでによく研究することに致しまして、と、おきまり文句で、散会するんだ」

七

「だが、百合野君、あれはいかんな。ほら、あれ、白衣を着て街頭で寄付金を募《つの》ってるの……」

白橋はせきこんだが、青黒い顔には、不思議な艶が出てきた。言説に酔っているのである。

「ありゃ、兵隊の面よごしだよ。哀れな声出して、見苦しい、まるきり高等乞食《こじき》じゃないか」

「そのとおりだ」

「この病院でも、あれには困ってるんだ。僕ら、どんなに落ちぶれても、あんなみっともない真似はしたくない。この病院でも、四、五人組んで抜け出ては、あれをやるのがいてね、更生資金とかなんとかいってながら、集まった金は、みんな飲んだり食ったりしてしまうんだ。そんな奴にかぎって、性質のわるい奴らばかりなんだよ。去年までは患者自治会を作って、そんなことを防止しとったが、去年の八月にその会が止まったんで、現在は、全国立病院患者同盟というので、とりしまっている。ありゃ、悲しいよ。戦場で銃をとって戦った兵隊は、もの乞いだけはしたくないな。このごろは、楽隊やら、女の歌手やらつれて来てやるのが、あるということだが。他国から渡ってくるのが多いな。なかには、インチキもある。どこで工面するか、白衣やら、傷痍記章やら、ちゃんとくっつけてやがるんだ。むろん、一度も軍服なんか着たこともない奴がいる。いかに闇の世といったって、兵隊をだしにする奴がいるのは、癪《しゃく》にさわる」

白橋は、汗をふきながら、白衣の袖をまくった。毛深い細い腕が出た。いくらも飲んでいないのに、酔っているらしく思われた。院内では、禁酒されていたにちがいない。

「若杉さん、歌ってもいいですか」

若杉はきょとんとしたが、

「いいですよ、どうぞ」

と、百合野の顔をうかがった。

「よし」

白橋は、皿を箸でたたいて、素頓狂な声をはりあげた。

大地は明るし
君を迎う
職場は新し
君を迎う
おもいで輝く
白衣を脱ぎて……

「百合野君、なんの歌か、知ってるか。傷兵保護院選定の傷痍の勇士の歌だよ。むろん、戦時中さ。ふん、戦争は流行歌だよ」

百合野は、今日訪れてきた大事な用件を、話さないことにきめた。白橋の方で聞きたがっているかも知れなかったが、対談しているうちに、その気がうすれた。

妹、菊のことである。現役時代、外出日ごとに、久留米の家へ、白橋が来たのは、妹が目あてであることは、明瞭すぎていた。菊も、白橋に好意を持っていたし、百合野も不賛成でなかったので、三者の間に暗黙の了解ができているといってもよかった。白橋は菊が好きである旨を、酒にまぎらせて打ちあけたこともあり、百合野も菊がその気ならと、二人の結婚は順調にいくものと、そのときは思われた。ビルマ方面戦況の逼迫《ひっぱく》で、出動が予想外に早かったために、決定的な話をする暇がなかった。それから、五年がたっている。地球上も、国家も、家も、個人も、なにもかも、事情が一変した。しかし、この動乱の底をながれる人間の心の所在に、ある信頼をつないでいた百合野は、生きることへの望みはうしなわなかった。怒ることは、たくさんある。しかし、その怒りを静めることによって、さらに自己を見まもらなくてはならぬと考えていた。

久しぶりで会った白橋のいうことは、ことごとく肯綮《こうけい》で、反対するところは、ひとつもなかった。全部が正しいといってもよい。それで相槌も打ったのに、そのくせ、なにか、同《どう》じきれないもの、反撥を感じるものがあった。正しすぎるということに、なんの間然する場所があるのか。百合野にもはっきりわからなかったが、強いて考えてみれば、その絶叫の姿であったろうか。それが、不識の間にエゴイズムへ通じていることのかすかな察知であったろうか。ともあれ、百合野は、白橋の熱弁を聞き終わって、ねっとりとした澱《おり》のようなものが、胸壁にくっついた重苦しさを感じた。

白橋は、街頭募金運動を口をきわめて罵倒したが、そのことに、腹は立たなかった。むろん、自分がやっていることを知らずにいったことだが、自分とて、白橋のいうとおり考えているのだから、知っていられて面詰されたとて、言葉をかえそうとは思わない。だから、妹のことを話すまいと考えたのは、微塵も、その意趣ばらしの気持はなかった。白橋は遠慮して、話しだしたい気持をおさえ、百合野の発言を待っていることは看取された。それをいわずにかえったならば、白分がこんな不具廃疾となったので、百合野の奴も、世間の奴と同様、変心したのだと思うだろう。敵が殖《ふ》えるばかりだと思うだろう。百合野にもそれがわかったが、やはり頑《かたくな》に、口を閉じた。友情によって、妹の幸福まで乱したり、犠牲にしてはならないと思ったのである。

人間の幸福が、途轍もなく壮大なロマンチシズムや、センチメンタリズムにはないことを、若い百合野も、今度の戦争の経験で知った。万事を決定するのは、肉体の証《あかし》である。それは、恐ろしいことであるが、人間の絶対なものにちがいない。今度の戦争にあらわれた壮大な一致と、壮大な忘却は、どちらも空間に浮遊した精神の陥穽であった。肉体に打たれた刻印こそ、絶対のものである。敗戦によって、国民は大打撃を受けたなどといっているが、咽喉もと過ぎればのたとえ、もうぬけぬけと絢爛たるエゴイズムの構築にとりかかる。精神の衝撃は回復されるが、肉体の刻印は払拭《ふっしょく》できない。眼に見える十字架こそが、いつでも人間を規定していくのだ。百合野は、戦争によって、運命と現実とを肯定するようになって、これ以上、センチメンタリズムで、白橋の言説や、妹の行動をはかるまいと考えたのであった。菊のことは、一度、妹を白橋のもとへやってみて、その自由意志にまかせようと思った。

「帰る時間が来たようだよ。送って行こう」

百合野は時計を仰いだ。これ以上、白橋と同席するのが苦痛だった。

「そうか、思わず、時間がたった。……風がひどくなったようだね。……久しぶりで愉快だった。ありがとう、たいへん御馳走になって」

框《かまち》の松葉杖のところまで、躄《いざ》って行って、下駄をつっかけた。

「なにもかも、君に奢ってもらって、すまないな。酒くらい僕が買うべきだったんだが……」

「なに、いいよ」

今宵のご馳走は、すべて、白橋が蛇蠍《だかつ》のごとく罵倒している街頭募金のあがりであることを考えて、百合野はしきりと礼をいう友人がおかしくてならなかった。

真っ暗な坂道に出た。雨しぶきにむかって、百合野は傘をさしかけた。身体を密接して並ぶと、白橋の身体から、甘酸っぱい異臭がむっと鼻にきた。なにかのにおいだと思ったが、思い出せなかった。

病院の暗い門燈が見えると、

「妹さんは元気かね」

たしかに、努力の果ての言葉だった。

「うん、元気だ」

そのまま、どちらも黙って、にわかにはげしさを増しはじめた烈風のなかを、箍《たが》のように、長い暗い屏にとりかこまれた国立病院への坂を登った。

八

台風は九州を逸《そ》れて、朝鮮の方へ上陸したらしい。一日のあぶれかと、前夜来は案じていたが、九時ごろには靄雲はやぶれて、青空が見え、太陽がのぞいた。気象台は空梅雨《からつゆ》かも知れぬと報知していたが、六月半ばから、雨ばかりである。のみならず、南九州は、暴風雨による豪雨禍の危険が警戒されていた。今度くるのは、デラ台風という曲者らしい。このごろ、街頭募金の収益も少ないので、一日のあぶれは打撃である。少々の雨なら、駅の構内ででも濡れずにやれるので、たいていの日は休まぬことにしていた。

朝、朝食の膳がならべられるのを見て、碇信助が、まず眉をひそめた。女中が薬罐を下げて、階段を降りるのを待って、

「早川さん、これ、すこし変じゃないですか」

二つの膳についているハム・エッグスの皿と、塩鯛の焼魚を指した。三人とも、そう思っていたとみえて、吉木が団栗眼《どんぐりまなこ》を頓狂にぐりつかせて、

「間違いじゃ、なかかい」

そして、三人とも、不安な顔になった。

所持金の底が知れているので、どこの宿に泊まっても、贅沢はせぬことにしていた。できないのである。泊まると、すぐ勘定の方から取りきめる。たいてい最低をえらぶ。たまに収益が予想外に多いときは、相談の結果、若干の「加給品」をすることもあるが、いずれにしろ、三流旅館で、二の膳などのついたことも、つけたこともないのである。困苦欠乏と、粗食とには馴れている。この旅館も、駅前に数軒あるうちの自分たちに適当と思われる古色蒼然とした筑前屋というのをえらんだわけで、朝食に、二の膳、しかも、ハム・エッグス、焼鯛などが出る勘定には、いかにしてもならないのであった。

四人組の統領株は、碇信助で、会計も彼があずかっていたが、この豪華料理を見て、たよりなげな、腑に落ちぬ顔をした。が、彼は、思ったことはなんでも、ずばずばいう性質だったので、薬罐を下げてあがってきた女中が、お給仕をしましょうといって、コの字型になった四人の中央に坐ると、

「ちょっと、姐さん、うかがいますが」

と切りだした。

「今朝のお膳は、僕らが昨日、取りきめた値段のものですか」

「はい」

「さよです」

「間違いじゃあるまいね」

「ありません」

「そうとしたら、たいそう安い」

碇は愁眉をひらいて、

「どこに行っても、あの値段で、こんなご馳走の出るところはない」

女中は笑いだした。

「なにが、おかしいです？」

「これはだれもかれもに出すのとは、ちがいますよ。こんな御馳走、くるお客さんごとにしとったら、お店つぶれてしまいます」

「そんなら、僕ら、特別ですか」

「はい、特別です」

「なぜですか？」

碇の呼吸が、思わず、はずんだ。他の三人の眼も好奇に満ちていた。

「あなたがたが、戦争で御怪我なさったお方だからです」

碇信助は、ごくっと呼吸をのんだ。感動で言葉が出なかったのである。それで、昨日も早くから新しい風呂を案内されたことが理解された。

「宿屋の御主人の方針ですか」

「いいえ、若旦那ですの。若旦那が、やはり、戦地で、負傷されて、かえってから病気になられた方なんです。カリエスになられまして、もう、五年近くもお寝みになったきりなんですが、いつも、口癖に、白衣のひとが見えたら、丁寧にあつかうようにって、お店の者、みんな申しわたされております。それで、昨日もお風呂へすぐ御案内申したんですけど、あとになって、あなたがたのこと申しあげましたら、どうして到着したとき、すぐ知らせてくれんか、そしたら、御夕食になにか差しあげるのだったと申されました。もう、そのときは、あなた、御夕飯おすみでしたし、それで、まあ、今朝は、心ばかりのお添えものなんですの。どうぞ、御心配なく、お召しあがり下さって」

食事を終わり、四人は、女中に案内されて、奥座敷に行った。天井の高い、鴨居に、扁額《へんがく》や、洋画が展覧会のようにかけてある八畳である。螺鈿《らでん》細工の戸棚、金屏風などがところせまくならべられ、豪奢な感じがみなぎっている。部屋のまんなか、頑丈な寝台があって、三十四、五年配の青年が、あおむけに横たわっていた。まったく陽の目にあたることもなく、五年間も寝たままでいると、身体の色素というものが変化してしまうのであろう。顔も、手も、足も、蚕のように青白く透きとおって、眼球や、唇の色も、澄みきった感じであった。痩せて、眼窩は落ちくぼんでいたが、その瞳は、思いがけなく生き生きとしていた。枕元に、回転式になった、燈籠のような本棚があって、小説や宗教、美術、哲学の書物がさしこまれてある。大きな一匹の雉子《きじ》猫が、寝台のうえにあがりこんで、うずくまっている。頸に赤いメリンスのよだれかけをたらし、銀の鈴がひとつつけられてある。

「女中さんにお伺いして、お見舞やらお礼やらに参りました」

碇信助がそういうと、若主人は、顔をめぐらせて、弱々しい笑顔で、一人一人に会釈した。宿の浴衣を着ているので、だれがどういう不具者であるかわからないようすだった。

「皆さん、お怪我されても、そんなにして、元気にお歩きになれるし、外にも出られますので、結構です。私はこのとおりです。仰むいたまま五年間、食事もこうしてやります。もう二度と土のうえを踏むこともありますまい。歩くことも、あきらめています」

四人とも、返事のしようがなかった。健康な者に傷病者はわからず、歩ける者には、歩けない者はわからず、立っている者に、寝ている者はわからない。四人はもとより自分たちが最大の不幸者などと考えたことはないけれども、仰むいて一室にとじこもったまま、五年間も太陽にあたらないという境涯のまえには、自分たちを不幸と思うことすら僭上《せんじょう》の思いがした。もっとも、逆に、生活という面から考えれば、その心配の全然ないこの家の若主人は、その日暮らしの哀れな稼ぎ人である自分たちより幸福といわねばならない。

広東警備時代、花県付近の討伐戦で、裂傷を負い、それは治癒したが、余病として発した脊髄カリエスが不治の疾患となったことを知った。兵隊同士、不具者同士の話は尽きない。雑談に話を咲かせていると、二つくらいの女の子を抱いた、日本髪の若い婦人が入ってきた。瓜実顔《うりざねがお》という字がそのまま当てはまる色白の美人である。

「家内です」

病人が首をまわして、紹介した。

「いらっしゃいませ」

「お世話になります」

異口同音にいった。

「あなたの？………」

碇信助が、眼で、抱かれている女の子を示して、病人の顔を見た。

「はあ」

すこし照れた微笑で答えたが、

「もう一人、上に男の子がありましたが、去年、チフスで死なせました」

「それは、……」

「あなた方、みなさん、奥さんがおありなんでしょう？」

「それが、みんな、チョンガーなんですよ」

座敷内に、けたたましい笑い声がひびきわたった。そのひびきは複雑で、笑うには笑ったが、四人とも、感慨も内容も同じではなかった。

「不具者《かたわもの》は、女が嫌いますよ。まあ、金でもたくさんあるか、ええ職でも手にありゃ、別ですばって」

ぬうっと立っている毬栗《いがぐり》頭の吉木が、緩慢な語調でいったので、またみんな笑ったが、早川弥二郎だけは、口中に熊の胆《い》でも噛んでいるような皮肉な渋面をつくっていた。早川は、愚痴っぽい吉木直吉が、一杯飲むと、くどくどと、同じことばかりをくりかえすので、彼の身の上のことは知りすぎるほど聞かされていた。吉木は、出征前に結婚していたのだが、還ってみると、女房は男をこしらえていた。しかし、それに対して、抗議するどころか、こんな不具者になったら、もう怒る資格もないと、あっさりとあきらめているのである。早川にはその放棄の根底になっているものが、やりきれず、酔うと、あんたは底なしの馬鹿だよ、どうして女房を奪還しないのか、などとけしかけることがあった。それに対しても、吉木は分厚な唇をなめながら、へらへら笑っているばかりだった。

いま、間抜けた語調で、ぬけぬけとしらじらしいことをいう、吉木の言葉を聞いて、早川は、その愚昧さに、腸の焼ける思いがした。同時に早川は、碇にしろ、百合野にしろ、とりたてて取り柄もない連中にまじって、軽侮すべき高等乞食の行脚をつづけている自分の愚劣さが、やりきれなかった。

「そろそろ、商売に出かけようか」

そういった碇の言葉を聞いて、早川は、さらに、咽喉の奥を、熱鉄の棒がこねまわる思いがした。商売はじめは恥じてだれもが使わなかったその言葉が、麻痺した神経の裏面で、常套となっている。いくらかあった神聖な動機は、いま、もうだれの胸にもない。冷酷な国民への純粋な怒りすらも、鈍磨しようとしている。一隊は、狡猾なドン・キホーテを先頭に、商売へむかって、前進しはじめた。すると、早川は、心身を鉛にして、その跡につづくのである。

九

「街頭の皆さま、しばらくお足をとめて、私どもの血の叫びを聞いていただきますよう、お願い申しあげます。私どもは、ごらんのとおり、四人とも、揃いも揃って、不具者でございます。私どもは、このたびの戦争におきまして、祖国のため、国民のため、一身を犠牲にして、戦いました。私ども兵隊は馬鹿でした。なにも知らず、ただ、お国のため、陛下のためと思って戦いました。私ども、その戦争がどんなものやら、軍国主義、帝国主義、侵略戦争、一切合財、知りませんでした。ただ、愛国心に燃えたのです。そして、武運つたなくも、かかる姿となり果てました。ある者は、手をうしない、ある者は、足をうしないました。ある者は失明し、ある者は、聾となりました。また、かかる街頭へ姿をあらわすを得ない悲惨者は、数かぎりもありません。しかしながら、私どもは、いまその泣き言をならべるものではありません。もともと一身を捨てて戦場に出ましたもの、なんで、足一本、手一本を惜しみましょう。ただ、要するに、問題は、そのわれわれの犠牲が、いかに生かされ、報いられたかという点にかかっているのであります。

ああ、皆さん、私ども兵隊の尊い犠牲は、いまや、なんら酬《むく》わるるところなく、ただの徒労となり果てました。われわれ戦傷病兵は、いまや国家からはうちすてられ、路頭に迷うほかなきに立ちいたりました。あの出征の当時、万歳、万歳と日の丸の旗をうち振って、とどろく歓呼の声で送ってくれた人々は、いま、どこに行ったのでありましょうか。戦い敗れ、心重く故国へ復員してくる兵隊たちを、迎える者はだれもありません。それどころか、復員の兵隊を見る国民の眼はつめたく、傷心ふかき兵隊たちは、しょんぼりと首うなだれて、故山の土を踏まねばなりません。私は松葉杖をついている不自由の身でありますが、汽車などに乗るとき、突き飛ばされて乗りそこなうことは毎度です。また、いまや、遺骨にたいしてすらも、見むきもせぬような冷酷な世情となり果てました。しかしながら、この頽廃の世を知らず、冥府へ去った戦友の方が、まだしも幸福だったというべきでしょうか。また、身体に傷害を受けることなく復員した兵隊たちは、なお、恕《ゆる》すべき点があったというべきでしょう。

皆さん、私どもを見て下さい。永遠に消えやらぬ肉体破壊の刻印を受けて、生活力をうばわれた私どもは、この敗戦の国内で、いかにして生きていけばよろしいのでしょうか。インフレと、物価高は、容赦なく、私どもの生命を脅やかします。しかしながら、私ども戦傷病者は、いたずらに世相をかこってばかりはいられません。不自由の身体を鞭うち、再建日本の一翼をになうために、敢然として、更生しなければならないのであります。云々」

これは、碇信助のために、早川弥二郎が書いてやった演説草稿の一部であるが、いまや、早川にとって、この高邁《こうまい》な文章は、悔恨の種となっている。

別府の国立病院で知りあい、同時に退院するようになったとき、大体、六人の仲間で、傷病者の真の更生のため、一大運動の展開をやろうという話がまとまった。それぞれ、郷里がちがっていたので、連絡がわるく、一人は家庭の事情でとりやめるといい、一人は行方知らずになった。そこで、ともかく、四人が時日と場所とを打ちあわせて、碇信助の知りあいがあるという大阪で集まった。そこが起点となったのである。

そのとき、四人のうち、大学中退の早川弥二郎が学者だから、参謀格ということになった。演説はみんなで交替にやるに越したことはないが、無口で鈍重な吉木は駄目、早川も気がさしてできぬ、百合野もあまり上手でない。そこで、出しゃばりの碇信助がひきうけることになったが、草稿だけはやむなく早川がひきうけた。もともと白衣の不具者が立っていれば、黙っていてもよいわけだから、寄付金を入れる箱に、傷痍者更生募金とでもいう貼り紙をしておくだけでよいのだ。ところが、碇信助は演説がやりたい模様で、メガホンを自分でつくったりした。また、汽車のなかを抜けながらやる場合は、やはり黙って通るだけでは効果がなく、座席の仕切りのうえにあがるくらいにして、叫ばなくてはならぬ。碇はそれを得意になってやった。文章と演説とでは、抑揚や調子に差があるので、いつか早川の草稿は、碇によって多少修正されたが、のちには、早川は碇の演説を、歯が浮くようで聞いておれなくなった。最初の熱情というものは、しだいに消えて、ただ白々しい雄弁があるばかり。声を涸《か》らし、大声叱呼はしているが、何十回、何百回とやって、まる暗記してしまうと、艶をつけたり、カン所に力こぶを入れてみたり、内容と語調とは分離し、空疎な美文がまくしたてられるのみで、喋《しゃべ》呑る本人すら、ただ機械的に口を動かしているだけ、といってよかった。そして、その文章が自分のものということは、潔癖な早川には、やりきれない。

「どうぞ、お願いします」

ぬうっと立って、ぶっきらぼうにいい、ぺこんとお辞儀をする吉木直吉の箱の方に、熱弁をふるう碇よりも、余計に金の入ることが多いのだった。

やっているうちに、ぶちあたる現実が、しだいに四人の高邁の精神をうちくだいて、再三、その行動の目的が変わった。最初は、その寄付金の集まりを過大に評価していて、四人の運動の実費をひいたあとは、傷痍者救済を本格的にするための大運動を、国会にたいしておこす資金にする。ところが、そんな厖大な金の集まる予測が夢とわかった。つぎは、傷痍者全体の更生福利施設の基金、それから、だんだん狭められて、国立病院援助所への寄付、身体傷害者公共職業補導所への図書購入費、そうして、それらのことがすべて不可能とわかると、はじめて、自分たち四人にかえった。集まった金が三、四十万になれば、共同の事業をおこす。これも、駄目。結局、現実の問題として、四人の生活費が精一杯、したがって、いまや糊口のためのぎりぎりの商売へ転落してしまったのであった。しかし、そのとき、たしかに、皆は真剣になったのだ。やめたら食えなくなる。また、家族を養えなくなる。これ以上の切迫した問題はなかった。

商売は順調というわけにはいかなかった。同情を得ることが根本であるのに、いつか、嫌悪と反感とをかもしつつあることが、街頭に立っていて、よくわかるようになった。子供までが百円札をもてあそんでいる時世に、箱のなかには、一円、五十銭、十銭の紙幣が、それこそ紙屑のようにつっこまれる。入れる人は恵むというより、屑籠に棄てるのである。ともかく十円紙幣は入っているが、百円札は、まず苜蓿《うまごやし》の四つ葉といってよかった。それでも稀にあるときもある。

白衣というのは、通行人にある圧迫感をあたえる。苦手なのである。正直、消えてしまった方がよいのだ。街角に立って注意していると、わざと気づかぬ風をして通りすぎる者や、わざわざ遠まわりする者などもある。駅などではそうではないが、街路でやる場合には、一隊が前に立っている店は迷惑をこうむっているらしい。客が入らないのである。いずれにしろ、白衣の一隊が通行人にこころよい存在であり、よろこびをあたえるものでないことは、あきらかすぎた。

露骨に妨害する者もある。角刈りのアロハシャツの眼つきの鋭いのが二、三人きて、

「おい、ここでは止めてもらいてえな」

碇信助はむっとして、

「どうしてですか」

「だれにことわって、ここでやっているんだ」

「ことわるって、別に……」

「ここは、うちの親分の縄張《シマ》なんだ。親分に挨拶なしにやることはできねえぞ」

「そんな、君、僕たちは戦傷者で、……」

「戦傷者も、万傷者もあるか、商売をやる者はみんなテキヤだ。テキヤなら、仁義なしじゃ、やることはできねえ」

短気な碇は、満面朱をそそいだようになるが、早川が袖を引いて、場所を変えた。

「君たちは、ヤミ屋とちがうか」

そんなことを、いわれたこともある。

こういう侮辱を受ける低級愚劣な仲間と、どうして、自分は一緒にいるのかと、早川弥二郎は爪を噛みながら考える。自分ながら、不思議なのである。戦友愛だろうか。それとも、ちがっていた。なにか、もっと人間的なものだ。そして、もっと単純で、卑俗なものだ。それは、孤独の恐怖という平凡な感情にすぎなかった。早川弥二郎には、かえるべき家はない。運命の原子爆弾は、新しい早川の運命をつくった。勇気を欠く早川は不具者として、健康者の間に伍する苦情に耐えられない。その眼に耐えられない。自己嫌悪が外部へ反射していき、また投射されてくるその日常の恐怖は、身をすくめさせる。同情は、なお、されたくない。人ができないといえば、反抗的にやって見せたくなる。左手で、皿の豆を移動させ、碁石を運び、字を書くのも、その一つのあらわれだった。このごろでは、足を使うことがうまくなった。しかし、そういうことも、健康者の間でやるときには、自尊心と恥とをすてる強烈な努力がいる。不具者のグループの中ではそれがない。その親近感、説明も、努力も、羞恥も、虚栄心も、必要でない寛宏と自由の世界、それが、早川をこのろくに話し相手にもならぬ連中のなかにつなぎとめていたにちがいない。しかし、それこそ、なんという悲しい繋索《けいさく》であろうか？

十

あるとき、早川は百合野に皮肉まじりに、いってみたことがある。

「百合野君、君の考えがどうしてもわからないんだよ。君なんか、こんなグループにいてはいけない。まだ春秋に富んだ身体だし、君の怪我は、僕らとくらべて、だんちがいだ。注意せねばわからんくらいの跛だし、早く、どこか、適当なところに就職した方がいい。君なら使うところはいくらもある」

百合野は、当惑して、縁なし近眼鏡の下の美しい眼をぱちくりさせた。

「そりゃ、わかっとるんですが……」

「なら、すぐ、出ていいよ。碇がやかましくいうんなら、僕が責任を負う」

「いえ、そうじゃないんです。……じつは、吉木さんのことが困るんです」

「吉木直吉は、昔の君の部下だったんだろう」

「そうです」

「それが、どうして、困るんだ?」

「困るんです。僕は責任があるんです。吉木さんを、あんな不具にしたのは、僕なんです。北ビルマのパクペンバムの丘の戦闘で、僕の出した命令が悪かったんです」

「そんな、君……戦場のことといってたら、きりがないぜ。戦場でのことは、仕方がないよ。なにも君が、個人の喧嘩に吉木を使ったんじゃない。いまから考えると、馬鹿げてるが、上官の命令てのは、絶対至上だったからな」

「でも、やっぱり、僕はどうしても、吉木さんを見殺しにすることはできんのです。吉木さんは、いまでも、僕のことを、隊長、隊長なんていうんで、止めてくれといっても、止めません。僕を恨んでなんかいない。それだけに、僕は苦しいんです。あのとき、僕が大隊長で、吉木さんが中隊長で、……考えると吹きだしたくなりますな。年が十六もちがう大隊長に、吉木さんはぺこぺこして、……いまは、反対になったが、僕は変な命令を出したんですよ。あんまり兵力が少なかったから、小兵力で、四方八方効果ある視野と射撃を展開するために、蛸蛉眼陣地をつくれなんて、いったんです。うまい思いつきのつもりだったんですが、それがやっぱりいけなかったんです。なにしろ、ぽこんと高地に飛びだしているもんだから、目標になったんです。古木さんがあのとき死んでいたら、僕が殺したんです」

早川は、笑いだした。

「あきれたよ。そんな、上官が戦闘の命令に、いちいち責任を感じていたら、上官は全部、人殺しだよ。君は純情だね。そんなこと、仕方があるもんか。君が、吉木さんの負傷に、責任を感じることは、毫末《ごうまつ》もないよ。そりゃ君の命令がわるいんではなく、あんな、鈍牛のようなぬうぼうだから、きっと、自分がへまをやったんだ。自業自得だよ」

「僕は、ともかく、気がすまないんですよ。あの人は気の毒です。あんな風だから、右手がなかったら、なんにもできはしない。手術されるときにゃ、片手でも百姓はできるなんて、威張ったらしいが、やっぱりそうはいかんのですな。それに、生活保護法で、医療券を下げてもらおうとしたのに、なにかで、民生委員の機嫌を損じたらしくて、下がらない。義肢ができない。自費で買うほどの力はないんです。それに、あの人、村にいたくないわけがあるんですよ。あなたもご承知でしょうが、奥さんのことです。戦地にいるときには、もう汗で赤茶けて、ぼろぼろになった写真を、いつもポケットに忍ばせて、柄にない、のろけだらだらだったのに、かえってみたら他の男と同棲していたでしょう。あんなのんきな気質でも、やはりこたえたんですな。ところが、吉木さんは、村に残っているお母さん、もう七十になるそうです、と、満州から復員した弟とを養ってやらねばならん義務がある。この弟というのが哀れですよ。

僕も、一度、吉木さんの家に行ったことがありますが、僕と同年輩のいい青年なのに、全然、手足がきかないのですよ。凍傷です。凍傷のうちでも、もっともたちの悪い奴らしいんです。両手、両足の指先は、みんな、ちぎれてなくなっているんですが、これが今でも、すこしずつ腐って落ちるんです。それに、この患部に、ちょっとでも刺激をあたえたら、大変です。嘘のような話ですが、鼠の糞につまずいても、そこから、じいんと全身へ疼痛がまわって、それがちょっとや、そっとじゃないらしい。三時間も激痛で泣くというんですよ。もうよぼよぼの老母が、可哀そうに、できたら殺してやったほうが、ええのじゃが、と泣いて話していました。ところが、この弟が平吉君といいますか、もうなんにも力仕事はできない、兄貴に心配かけるのはすまんといって、声楽をこのごろやっとるそうです。口だけは使える。そこで、それを糊口のたしにしようというわけで、毎日、妙な声で練習やっとるというんですよ。ほら、例の、ラジオの素人咽喉自慢、あれに出るのが目標なんです。あれに合格したら、食えるとかいうんでね。なにしろ、吉木さんが、この二人を養うことは、大事業ですよ。恩給が渡ってるんで、もう国家では、官費では看《み》てくれない。恩給だって、二千五百円か三千円の年金でしょう。そんなのが、なんの役に立ちますか。それで、僕は、吉木さんへできるだけの協力をしてやらなくちゃならんと考えたんですよ。それが、僕のパクペンバムでの責任の、万分の一になると思うんです。

吉木さんが、好きな酒や煙草もひかえて、それこそ最低限度の生活をしているのは、あなたも気づかれているでしょう。それこそ、一銭でも、余計、郷里へ送金してやりたいんです。僕たち四人は、いつも収益をきちんと四等分するでしょう。それで、僕はほんの自分の小遣だけ引いて、そのたびに、みんな、吉木さんにやっているんです。僕は別に扶養しなくてはならん者はありません。両親はとっくに死にました。長兄は戦死しました。ガダルカナルです。いま、その下の兄が家をついでいますが、この嫂《あによめ》というのが、けちんぼで、僕を嫌うんです。嬶《かかあ》天下というのはだらしがないですな。兄貴もいっしょになって、僕を邪魔者あつかいする。それで、僕も兄貴の世話にはなりたくない。まあ、僕は自由です。天涯孤独、かえってのんきです。どうせ、戦地で死んでいた身だと思ったら、なんにも苦になりません。菊という妹が一人いますが、これとは気が合って仲よくしています。久留米のゴム工場にタイピストで出ていますが、……こいつ、しかし、僕がこんなことしてほうぼう歩いていると知ったら、止めるでしょうな。……まあ、いいや。おのおの、みずからの道を行くです。僕は、こうやって、皆さんといっしょにいるのが楽しいんですから、追い出さないでくださいよ。僕はべつだん、金は欲しくない。こうやって、入ったただけの金を、吉木さんに援助していれば僕は気がすむんです。もっと、別のよい方法があればいいんですが、知恵はないし、いまんとこ、ちょっと、これしか吉木さんを助ける方法を、知らんもんですから、……」

十一

赤、黄、緑のゴー・ストップによって動く電車と、自動車と、人波と、そして、広告塔の拡声器がかんだかい騒音を、あたりにとどろかせている。ずらりとならんだ映画広告板の正視に耐えない男女抱擁の図が、極彩色のペンキの色を、六月の陽に反射させている。小倉市の盛り場である魚町一帯は、肩をせりあう人波が、人間のエスカレーターのように、気忙《きぜわ》しげに回転している。

「これが当たると、すぐ、こんなこと、止めるんだがなあ」

笑いながら、巨漢の碇信助は、人ごみからのぞきこむようにして、宝籤《たからくじ》を二枚買った。

「俺にも、くれや」

のっそりと、吉木が、筋くれだった手で、一枚引いた。

「そんなに買うと、当たりすぎるぞ」

「兵長、あんたも一つ買いなさいよ」

「僕は、籤運《くじ》はゼロです」

宝籤を街角で売っているのは、二十ぐらいの色の黒いお多福面の娘で、白衣の四人の男たちを、無遠慮にじろじろ見た。

あまり、商店の表では迷惑になるので、北方《きたがた》行電車の交叉点の方へ引きかえした。広告塔の拡声器に圧倒されそうであったが、六角形の電車の切符売場の箱の横に、位置をきめた。いつものように、碇信助が松葉杖を両脇にはさんだまま、メガホンで通行人に呼びかけはじめた。

「街頭の皆さま、しばらくお足をとめて、私どもの血の叫びをお聞き下さいますよう、お願いいたします」

足をわざわざとめる者はなかった。ちらと視線は投げるが、忙しげに通りすぎる。電車の終点に、一列に並んだ客が、いっせいに見ているけれど、順番を犠牲にしてまで、金を入れにくる者はなかった。通りすがりの何人かが、箱のなかに紙幣を押しこんだ。いくら入れるのか知られたくないように、できるだけこまかく札をたたんで、投げこむ者が多かった。

碇信助の血の叫びは、雑沓に大半は消された。濁音の多い嗄《しわが》れ声は、拡声器にはかなわない。新しく公認された避妊薬を宣伝する気どった女の声が、無遠慮に、碇信助の大演説をかき消した。

いらいらした表情が、碇のあさ黒く長い顔を不穏に尖らせた。怒鳴りながら、しきりに舌打ちした。

「うるさいのう」

団栗眼で、吉木も、いまいましげに、広告塔の方を見た。

「碇君」

早川が呼んだ。

碇が演説を止めると、

「ここは、場所が悪い。河岸を変えよう」

それから、二、三ヵ所で、血の叫びをあげていると、昼になった。成績はあまり芳《かんば》しくなかった。

四人は、井筒屋デパートの町を抜け、紫川の橋を渡った。塵入れのような二つの箱は、両手のきく百合野と早川とが持った。海の近い河口からせりあがってきた満潮の紫川のうえには、赤腹の多くのボートが浮かんでいる。乗っているのはほとんどアベックである。強い六月の太陽が、すこしの風に、漣《さざなみ》をたてる水面をまぶしく光らせている。勝山公園に入って、旅館でつくってくれた心づくしの巻き寿司を食べた。

「五年間も、あおむけに寝たきりちゅうのに、ちゃんと子供のでけるちゅうところが面白かなあ」

もぐもぐ大きな口をさせながら、吉木がいったので、みんな笑った。

狭いグランドで野球をやっている子供たちを見ていると、

「お茶あがりませんか」

六十を超えた、背のひくいエプロン姿の老婆が、左手に四つ湯呑みを伏せた盆、右手にニュームの薬罐を持って、いつか、かたわらに立っていた。公会堂の小使室から来たもののようだった。

「おおきに、お婆さん」

すぐ傍にいた百合野が、それを取った。すんだら、ベンチのうえに置いといて下さいといって、老婆は公会堂の方へ去った。百合野は四つの湯呑みに、茶をついだ。

「きっと、あの婆さんも息子が戦死しているんだよ」

早川がいった。それは、これまでの放浪の経験で、醜悪な白衣の一隊へ親切を示してくれる者があれば、まず家族の者が出征したもの、そして、戦死か戦傷病したものと考えて、誤りなかったのである。昨夜の新風呂以来、これまで冷たい世間の眼にひねくれていた四人は、よい気持になりかかっていた。そこへ、思いがけぬ老婆の茶のふるまいで、また、あかるんだ。

ところが、事態は逆転したのである。

跛をひきひき、百合野が茶道具を返しに行ってかえり、午後の稼ぎにとりかかろうとしているところへ、橋を渡って、五、六人の白衣の姿がこちらにくるのが見えた。はじめは、どこに行くのかと、のんきに見ていると、先頭の男の視線がこっちを見、指さすと同時に、全員の眼がいっせいに注がれてきたので、自分たちが目あてと知った。松葉杖の長身の男が一人いて、それがみんなを指図しているように思われる。まもなく、公園に入ってきた六人の白衣たちは、四人をとりまいた。

下顎のつき出た、眼のするどい、左眼のうえに斜めに傷痕のある、松葉杖の男がひとり進み出てきた。右足が義肢で、はねられた白衣の裾から、セルロイドを貼った柿色の脛がきらと光った。

「ちょっと、お話があって参ったのです」

言葉は丁寧だったが、すでに、刺《とげ》はかくしきれなかった。

「承《うけたまわ》りましょう」

碇が、前に出た。

「すぐに募金行為を止めて、退散してくれませんか」

「退散？」

「小倉から、出てもらいたいんです」

「どうしてですか」

むっと碇信助の眼が光った。

「困るんですねえ、こっちは大迷惑だ。あんなにたびたび注意したのに懲《こ》りずにくるんだから……」

「僕たちは、小倉は、今度はじめて来たんですよ。なにかの間違いではないですか」

「どうせ、連絡があるんでしょう。困ってしまうなあ。どうしたら、来なくなるんですか」

「あなた方は、どちらです？」

「国立病院ですよ。僕たちは、厳重に兵隊のもの乞い行為を監視しているんです。兵隊の面よごしですもんね。うちの病院では、絶対に乞食めいたことは、やらんことにしています。ところが、外部から入って来てやるもんだから、せっかくの苦心がなんにもならん。誤解を受けて困る。いちいち弁解して歩くだけでも、大迷惑です。あんたたちのことを知らせてくれた者があったんで、大急ぎでやって来たんですよ。ともかく、小倉から、すぐに出て行って下さい」

「あなた方に、僕らを放逐する権利がありますか」

「あります」

「ないはずです」

「ある。兵隊の名誉にかけて、ある」

「僕たちは、まだ仕事があります。あなた方の指図は受けません」

「出て行かないというのか」

「僕たちは、食わなくてはならんです。あなた方で、僕たちを食わせてくれますか。あなた方は、自分たちの面子さえ立てば、僕たちが飢えてもいいのですか」

「飢えるはずはない。なんでも、この小倉では、絶対に。兵隊の乞食行為はさせんことになっとるんだ」

「まるで、縄張り持ちのボスのようなことをいいますね。それが、戦友としての言葉ですか」

「戦友の面をよごすから、いうんだ。……どちらか、出るか、出んかはっきりいえ」

「さっきっから、はっきりいっています。出ません」

「なに」

どうして、こんなに両方が角《かど》だったのか、売り言葉に買い言葉が、せりあい、もつれあい、打っつかりあって、対峙した白衣の二集団は、はげしく両方から突進していた。判断とか、秩序とか、理非曲直とかいうものを、網膜の中に一挙におとしこんでしまう。あの衝動的な無動機性が、感情の起伏だけをあやに、高まる瞬間瞬間は、歴史的である。この一場面は、それを証明した。昆虫の脛のような松葉杖が飛び、ころがりあった純白のひらめきの中で、義肢と義肢とのうちあう金属的な音が、工場のように鳴りひびいた。どこかに故障のある十個の肉体が、奇妙な格闘をつづけるのである。号令と、罵倒と、悲鳴とが入りまじり、つくられた手や足が離れて飛んだ。だれの声か、敵か味方かわからなかったが、止めろ、止めろ、という叫びが格闘の底から間断なくしていた。

しかし、この肉弾戦は、短時間で終わった。白昼、公衆のただなかで行なわれたために、勝敗を決するを得なかった。公園にいた数十名の人々が駆けよって、両者をひき離した。手間はかからず、わけなく離れた。戦闘者自身も、耐久力を持たなかったのである。壊れている身体が、この一戦で、さらに壊れた。数名の武装警官も、いつか駆けつけていた。兵隊たちの顔は、苦痛よりも羞恥に歪《ゆが》んでいた。すこし血を出した者はあったが、怪我といえるほどのものではなかった。しかし、たしかに血は流されたのである。

「事情はわからぬけれど、ともかく、ちょっと署まで」

十人の兵隊たちは、捕虜のように、警察に引かれた。立ち去ったあとには、獣のかきみだしたような砂のうえに、宝籤が二枚、散っていた。よごれ崩れた滑稽な一隊の過ぎて行くのを、街の人々は笑って見送った。

「まあ、おたがい、仲よくやって下さい」

事件としてあつかうような内容は、すこしもなく、防犯課長は、そういって、戸棚から、サントリーのウイスキー瓶を出してきた。部下巡査に命じて、湯呑みをとりよせた。こういう事件は警察でも、苦手なのである。

筑前屋旅館に帰ってくると、四人とも不機嫌で、まだ、日の高いうちから、酒を飲んだ。彼らは今日はたしかに団結したが、その後味の悪さはかぎりがなく、すでに分裂の兆候は、感じとったのである。

「もう、一人前の喧嘩も、でけんなあ」

毬栗頭に二つもできた瘤《こぶ》を、左手でなでながら、吉木直吉だけが、無神経に、笑いくずれていた。

十二

はじめは、それがなんの音であるか、どうしても見当がつかなかった。若主人の部屋からである。夫婦がいるのではないかと、ちょっと躊躇したが、直感的に、それとはちがうものが感じられた。時計は二階を降りてくるときに、二時を打つのが聞こえた。闇屋の一団らしいのが、女をつれこんで散財をしていたが、それも、とっくに寝しずまった。近くの駅で、貨車の動いている音、機関車の蒸気を吹く音、車輛を連結したり、離したりする音がわずかに深夜の空気を破っているばかりである。旅館内の主な明かりはほとんど消されて、弱燭光の電燈が、廊下をぼんやり照らしている。その光に寄る小さな蛾が飛んでいるのが、ふっと雲のかげりのように、廊下全体を暗くする。便所は、廊下の浴室と隣りあわせたところなので、夜中、ビールを飲みすぎた早川は、便意をもよおすままに、なにげなしに降りたったのだった。

早川弥二郎は、そっと、その部屋へ忍びよった。便所の廊下の曲がり角から、奥座敷は一直線で、幸い、頑丈な厚板つくりの廊下は、音がしなかった。いつか泥棒の格好になっていたが、だれも見る者のない安心で、早川は注意ぶかく、暗い光をいっぱいにたたえている障子の方へ這いよって行った。なかでは、さっきからの見当のつかぬ、弱々しく紙をこするような音、畳を踏む音、木のふれあって軋《きし》む音、くっしくっしというこもった声などが、間歇《かんけつ》的に聞こえる。片手で這うのではあるが、このごろでは、左手が二本分の役目をするようになっていて、さして匍匐《ほふく》前進は困難ではなかった。障子に近づくことができた。動悸が打ってきた。この胸の高鳴りは期待へのそれではなく、えたいの知れぬ不安感が、全身を緊張させる。不思議と罪悪感はなかった。のみならず、下等な好奇とは別個の、ひとつの自覚、探求の権利を自負さえする昂然《こうぜん》としたものがあった。五年間、寝たままであるという人間の運命は、それ自体、なにかを惹起するのである。

綿密な早川の眼は、障子の針の穴のような、小さい破れ目をとらえた。そこへ、にじりよった。そっと眼をつけると、意外に、明瞭に室内の光景がうつってきて、どきっとした。興奮をおさえて、瞳をこらした。

毎夜、その程度の光線で眠るのであろう、電燈の笠に、白い覆いがかぶせてある。部屋は朝見たときとすこしも変わっていないが、変わっているのは、座敷の中央に、あたかも正面むいて、佇立《ちょりつ》している一個の人間の像のあることだった。それがすこしも動かないので、はじめ暗い光で、彫刻でも立ててあるのかと思った。しかし、その白衣の立像の顔を見て、早川は息がとまりそうだった。若主人であった。昼間、蝋のように透明に見えたその青白い顔が、電燈のすこし右斜め下の空間に、フットボールの球のように、浮き出している。気がつくと、外側にむかってひらいた両手を腰のあたりにあげて、たおれまいと中心をとっているらしかった。全身がかすかにゆらめく。眉も、眼も、口も極度の緊張に、顔の中心にひきしめられ、白い額に油汗の光っているのが見られた。うすい矢絣《やがすり》の寝間着の下から、竹の竿のような細い足が二本のぞいている。

しばらくつっ立ったままゆらめいていた亡霊のような青年は、にわかに、すうと腰を落とした。猫背になって、呼吸をはかっていたが、静かに上体を右にかたむけた。自然に細い尖った左肩があがる。逆に左にかたむける。振子のように、それをくりかえす。はじめは体操をしているのかと思ったが、それまで、病人の顔を照らしていた電燈の光が、ふっとなくなり、黒くかげったので、移動していることがわかる。歩いているのである。ごく緩慢な速度ではあるが、それがこちらへむかってくるのだと知って、早川はふるえがついた。奥歯を噛み、鬼のこころになって、忍耐した。挑みかかり、噛みつくような凝視を室内の人に投げた。障子一枚なければ、二間とは離れていない場所に、自分を見ている悪辣《あくらつ》の者のいることを、むろん、主人は知るはずもない。上体で拍子をとるようにしながら、左足、右足、交互に、ずらせるように、前に出す。そのたびに苦痛に耐えぬように、顔面が歪むが、そのなかには、異様な歓喜のかがやきも混じって、顴骨《かんこつ》の突出し、眼窩の落ちくぼんだ痩せた顔が、奇怪な表情をたたえる。一歩でも歩けたことがうれしくてたまらぬのに、疑いはなかった。

早川はすべてを了解した。若主人は歩く稽古をしていたのである。五年間もあおむいて寝たきり、もう歩くことは断念したと、朝は、まことに悟りをひらいた明朗さでいったのに、やはり歩きたいのだ。しかし、その醜怪な姿をだれにも見られたくなく、深夜、ひとりでやっているにちがいなかった。夫人も多分、知るまい。早川は、感動を通りこして、全身鳥肌だつ思いがした。それは眼前の若主人の姿形の恐ろしさではなく、人間の執念と、その秘密の恐ろしさであった。

早川は別府の国立病院にいたときの戦友のことを思いだした。笹島という、同年配の元兵長だった。手榴弾で脊椎をやられたのが原因で、神経傷害をおこしたのだが、腰から下は無神経で、大小便とも感じなかった。ほっておけば、出ながしになるので、ともかく、一時間おきくらいに便所に行くのだが、歩行には松葉杖のうえに、足に補助器を必要とした。睡眠中は、それができず、襁褓《むつき》をあてて寝た。朝はかならず、大小便で前後部ともよごれていた。はじめ尿道にゴム管を挿入していたが、そのため、かえって膀胱をわるくし、血尿が出るようになった。いまのところ、回復することは、困難といわれていたが、あきらめきったのか、快活で、なあに、死んだと思えば、上半身が健在だからまだ上の部だと笑っていた。早川は同室だった。その男が、深夜、廊下に出て、補助器も、松葉杖もはずし、歩行の稽古をしていたのを見て、慄然としたことがある。そのとき、笹島は遊弋《ゆうよく》する海月《くらげ》のように見えた。笹島は、授産場で、プリント技術を習得するために、熱心に勉強していた。吉木の弟の平吉は、凍傷の悪病になやみながら、声楽をやっているというが、深夜、その手先も足先もない身体で、胸を張って踊りでも踊っているのではないか。

早川は、眼前に、この旅館の若主人が、渾身の努力をかたむけて、歩行しているのを見て、あたかも、いま時分、全国のいたるところで、無数の不具者によって、こういう真摯な運動が行なわれているのではないかと、戦慄をおぼえた。

室内では、にわかにばたりと音がして、青年は畳のうえにたおれた。力尽きたらしい。同時に、うつぶせになった肩が痙攣《けいれん》して、くっくっ、と、くぐもった音が、ふかい底からおこった。嗚咽であった。そのとき、早川は気づいたのであるが、寝台のうえに、朝見た雉子猫が、丸くうずくまったまま、さっきからの主人の動作をじっと見まもっているのだった。その二つの眼のなかに、燐のように青く光っているものがあった。

もし火が出て、この館が焔につつまれたときには、病人はどうするだろうか、と、早川はふと考えた。家内の者がかつぎ出すとすれば問題はないが、たった一人で火中に置かれた場合は？

逃げることができず、そのまま、焼け死ぬだろうか。多分、焼け死ぬだろう。しかし……早川の眼が妖しくきらめく。……そうとばかりは断じられない。早川の頭に、洞庭湖畔の娘々廟の回想が、またも浮かぶ。あのときの、砲車の下に右腕をはさまれた自分が、いま、この、歩行できぬとて、ベッドに横たわっている青年に匹敵していないだろうか。火焔の危険のまえに、自分はみずから自分の腕を切り落とした。そのような恐ろしい行動をする者は、あきらかに自分ではない。なにか、化体《けたい》のものの所業《しわざ》だ。しかし、また、あきらかに自分である。もし、この旅館が紅蓮の焔につつまれたら、青年はその猛火のなかから、脱兎のごとく駆け去って逃れるのではないか。内在している人間の妖怪の力を藉《か》りて。早川には、その疾走する若主人の姿が見える思いがした。人間の自覚している力の限界へ、なにかの示唆と啓示とを投げるその錯乱は、早川へ人間の救いのあり場所を、いくらか望見させる。人間の救いは、外部にはなく、内部にあることの証明は、まだ充分ではなかったが、早川をどこかへ解き放つ契機にはなったのである。

室内で慟哭する声が高まってくるのを聞きながら、早川はまんまと目的を達成した泥棒のように、屁っぴり腰で、廊下を後退した。

十三

エピロオグ風に——

この仲のよい四人組の集団に、その後、急速に変化がおこった。

朝になって、前日の事件が、新聞面を賑わしていた。新聞記事の嘲弄的な書きかたは、四人を不快にした。

女中が呼びに来たので、四人は若主人の部屋に行った。熱いコーヒーがたてられ、厚く切られた羊羹が洒落《しやれ》た菓子皿に盛ってある。

「えらい目にあわれましたな」

寝台にあおむけになった青年は、にこにこしながら、自分も一片の羊羹をほおばった。早川は、屈託のなさそうな明るい青年の顔を見ながら、夜と昼との世界の相剋に、やや、ためらいをおぼえた。部屋は明るく、陰惨なところはすこしもない。しかし、この六月の太陽の反射している豪奢な部屋のどこかに、鬼のいるのを、早川はもう疑わなかった。不具者同士の喧嘩ばなしになって、部屋のなかには爆笑がうずまいた。

「早川さん、お客さまです」

女中が呼びに来て、早川は二階の部屋にかえった。

「お、珍しいな」

と、思わず、声が出た。

「新聞を見て来たんだよ。あれを見て、情けなかった」

「恥ずかしい」

と、正直にいった。

「君を迎えに来たんだよ。いろいろ探したんだが、今日まで、どうしてもわからなかったんだ。

僕は以前どおり学校に奉職している。能もないが、年功で、教頭になった。学校では、僕の意見が通る。校長にはもう内諾を得てきたんだ。よい英語教師が不足しているから、君が来てくれると助かる。ぜひ、来てもらいたい」

「うん、行こう」

言下に、約束した。

早川の心は軽くはなかった。しかし、羞恥と孤独とは別物だと思い、体内の鬼とともに、どこにでも移動する気持はできていた。それがたたかいであることはわかっていたし、四人のなかにいるような住み心地のよさのなくなることもわかっていた。

三人組になって、間もなく、百合野が妹危篤の電報で、久留米に行ったきり、復帰しなかった。そこには、国立病院にいる白橋仁から、百合野兄妹への絶交状がとどいていた。病床の菊は、そのことにたいしてすこしも打撃を受けたようすはなかった。百合野も仕方のないことだと観念した。菊は危険を脱したようすである。すると、毎日のように見舞にくるゴム工場の社員が、百合野の就職を世話しようと、熱心にすすめだした。右足先の故障など問題にならぬ事務系統の仕事という。百合野は離れてみて、吉木への奉仕というものの根拠の浮動を感じた。すると、金をやるたびに、別にありがたそうな顔もせずに受けとる吉木直吉の神経へ、疑念がわいた。六日間も、重傷のまま、ジャングルの中に横たわっていて死ななかった吉木を思いだし、馬鹿馬鹿しい思いがした。もし就職できたら、じかに、余裕のつくだけを、弟平吉の方へ送ってやろうと思った。

二人になった碇信助と、吉木直吉とは、なおも更生資金募集をつづけていたが、あるとき、警察に引かれた。直方《のうがた》市での出来事である。罪名は放火犯人。正午ごろ、殿町の銀行の角で、例のごとく演説をやっていると、酔っぱらった遊び人が四、五人やってきて、ここでやるなら、収益の三割をよこせといった。短気な碇が思わず高声に怒鳴りつけると、不具者《かたわもん》のくせして、と、寄ってたかって、聞くに耐えぬ罵倒をした。あまりいいかたがはげしいので、お前ら、町といっしょに焼き殺してくれるぞ、と、吉木がふるえながらいった。それが嫌疑のもととなったのである。その夜、その遊び人の親分にあたる者のマーケット付近から火が出た。烈風にあおられて、四十軒ほどを、またたく間に灰にした。すぐに、木賃宿から、二人は連行された。

はじめは否定しつづけていた二人は、留置場のなかで相談した。これは、しばらく放火犯人になった方がよい。留置場では、毎日の気づかれがなく、一度三度きちんと食事をくれる。二人は、はじめて自分たちの疲労を感じたのである。そこで、二人は白状することにした。白状した。

朝になって、二人そろって呼びだされた。笑って、放逐された。真犯人があがったのである。警察署の表に出て、足のない兵隊と、手のない兵隊とは、よごれくさった顔を見あわせた。笑った。二人のうつろな笑い声は、よく似ていて、碇信助は、どこかで聞いたような声だな、と思ったが、どうしても、思いだせなかった。遠い以前、どこか、戦場で聞いたのだとまでは、わかったのだが。

社会批評社編集部　解説

火野葦平は、一九三七年七月七日の盧溝橋事件を契機とする、日本軍の中国への侵略―日本軍の予備役の動員開始という中で、陸軍第十八師団歩兵第百十四連隊（小倉）に召集（下士官伍長）され、同年十一月、中国・杭州湾北砂への敵前上陸の戦闘に参加した。

以後、中国侵略戦争が急激に進展していく中で、中国大陸各地に転戦するとともに、アジア・太平洋戦争が拡大していく中では、フィリピン戦線・ビルマ戦線など、ほとんどアジア全域の戦争に従軍していく（一九三八年の芥川賞受賞以後は、陸軍報道部に所属する）。

この一九三七年十一月からの、火野の最初の戦争を記録したのが、『土と兵隊』（杭州湾敵前上陸記）であり、同年十二月から翌年四月までの杭州駐屯警備を記録したのが、『花と兵隊』（杭州警備駐留記）だ。

火野は、この杭州に駐屯しているときに『糞尿譚』で芥川賞を受賞し、それがきっかけで陸軍報道部勤務を命じられた。そして、この最初の従軍記録である一九三八年五月からの徐州作戦が、『麦と兵隊』（徐州会戦従軍記）として発表されている。

火野は、この「兵隊三部作」で一躍「兵隊作家」として有名になり、以後、軍報道部所属の作家としてアジア各地に転戦していくのだ。

こうして火野は、一九三八年七月から始まった武漢攻略戦と同時の広東作戦（「援蒋補給路」の遮断のための、香港の近くのバイアス湾に奇襲上陸――同年十月、広州占領）に参加したが、これを描いたのが、本書の原題『海と兵隊』（広東進軍抄）だ。

その後、火野は一九三九年二月、中国最南端の海南島上陸作戦に参加し、『海南島記』を、また、一九四二年二月には、フィリピン作戦に参加し、『兵隊の地図』などを発表している。さらに、一九四四年四月からは、アジア・太平洋戦争史上、最悪の作戦と言われたインパール作戦に従軍し、『密林と兵隊』（原題「青春と泥濘」）を発表した。

以上は、アジア・太平洋戦争の時期を描いた作品だが、戦後の「戦犯」指定解除後に、旺盛な執筆を再開した。

その戦後における兵隊の苦難を描いたのが、本書収録の『悲しき兵隊』である。古い世代は記憶に残っているが、一九七〇年前後までには、例えば東京・上野公園前には、「傷痍軍人」たちが白衣を着て歌を歌いながら、戦争障がいへの寄付を求める姿があった。戦後、白眼視された兵隊たち、とりわけ傷痍軍人たちには、それ以外に生きていくすべがなかったのだ（大島渚監督は、日本政府による朝鮮・韓国人の傷痍軍人［元日本兵］たちの切り捨てを、ドキュメンタリー『忘れられた皇軍』の中で描いている）。

そして戦後、火野自らの「戦争責任」などについて、全編でその苦悩を描いたのが、四〇〇字原稿用紙一千枚に及ぶ『革命前後（上下巻）』（小社復刻版）だ。

このように、火野葦平がアジア・太平洋各地の戦場を歩いて執筆した戦争の記録は、おどろくほどの多数にのぼっているが、この全編の火野葦平の著書には、彼の戦争体験をもとにしたものが「兵隊目線」から淡々と綴られている。

中国大陸の、その敵前上陸作戦から始まる、果てしなく続く戦闘と行軍の日々、――しかも、この中国戦線の戦争は、それほど華々しい戦闘ではなく、中国の広い大地の泥沼と化した道なき道を、兵隊と軍馬が疲れ果てて倒れながら、糧食の補給がほとんどない中で、もっぱら「現地徴発」を繰り返していく淡々とした戦争風景――。そこには、陸軍の一下士官として、兵隊と労苦をともにする著者の人間観がにじみ出ている。この人間観はまた、火野の著作のあちらこちらで中国民衆に対してもにじみ出ている。

だが、他方で現地徴発を繰り返し、さまざまなところで中国の大地を侵していながら、そこには「侵略者」としての自覚は、ほとんどないし、この戦争の非人間性のついての自覚もほとんどない。

「多くの兵隊は、家を持ち、妻を持ち、子を持ち、肉親を持ち、仕事を持っている。しかも、何かしら、この戦場に於て、それらのことごとくを容易に棄てさせるものがある。棄てて悔いさせないものがある。多くの生命が失われた。然も、誰も死んではいない。何にも亡びてはいないのだ。兵隊は、人間の抱く凡庸な思想を乗り越えた。死をも乗り越えた。それは大いなるものに向って脈々と流れ、もり上って行くものであるとともに、それらを押し流すひとつの大いなる高き力に身を委ねることでもある。又、祖国の行く道を祖国とともに行く兵隊の精神でもある。私は弾丸の為にこの支那の土の中に骨を埋むる日が来た時には、何よりも愛する祖国のことを考え、愛する祖国の万歳を声の続く限り絶叫して死にたいと思った」(『麦と兵隊』)

しかし、火野は、右の『麦と兵隊』の記述を引用しながら、戦後、自問する(『革命前後』)。

「……これはまちがっていたであろうか。この文章が書かれたのは昭和十三年、まだ戦勝の景気よい時代であったのだが、それから七年経って、敗色は掩いがたいとき、柘榴《ざくろ》の丘で得た感想はたわいもない戦勝時の一人よがりであったろうか。兵隊の運命へのこのようなうなずきは、末期の症状の中では通用しないであろうか。たしかに、いくらかの文学的誇張があったと思う。しかし、嘘は書かなかったつもりだし、今でも嘘ではないと、昌介は頑迷に考えた。祖国という言葉が、今も全身に熱っぽくひろがって来る」

火野が絶えず思考し、苦悩しているのは、自らの「戦争責任」の所在である。それは戦後の著作『革命前後』『悲しき兵隊』などの著書に、脈々と流れている叙述でもある。しかし、火野は、戦後、GHQの尋問に応えて、「恐らく私がお人よしの馬鹿だったのでしょう。軍閥の魂胆や野望などを看破する眼力がなく、自己陶酔におちいっていて、墓穴を掘ったのでしょう」などと答えているが、本当の解答を見いだしてはいない。

作家の中野重治は、この火野の著述全体について、「人間らしい心と非人間的な戦争の現実とを何とか調和させたいという心持ち」と表現していたという。この中野重治による火野への視点は、同世代の作家として、同じく苦悩を味わった者が共有するものであろう。「従軍作家」を始め、戦争に協力した多くの知識人らが何らの戦争責任も省みない中で、この火野らの真摯な問いかけは見直されるべきことだ。

火野葦平は、また「火野葦平選集第4巻」（東京創元社）の解説の中で、「自分の暗愚さにアイソがつき、戦争中の言動を反省して、日々が地獄であった」とも述べているが、この戦争責任との狭間の中で、一九六〇年一月二十三日、自死した。この日は、『革命前後』の初版発行の一週間前である。

「兵隊三部作」から始まり、『革命前後』で完結する、火野葦平が残したこの壮大な、類いまれな戦争の長編記録は、日本だけでなくアジア―世界の共同の戦争の記録として、後世に語り継ぐべきものであろう。

来年二〇一五年の、戦後七〇周年を迎えるにあたり、改めてこの火野葦平の戦争文学を世に送り出したいと思う。

著者略歴

火野葦平（ひの　あしへい）

1907年1月、福岡県若松市生まれ。本名、玉井勝則。

早稲田大学文学部英文科中退。

1937年9月、陸軍伍長として召集される。

1938年『糞尿譚』で第6回芥川賞受賞。このため中支派遣軍報道部に転属となり、以後、アジア・太平洋各地の戦線に従軍。

1960年1月23日、死去（自死）。

●海と兵隊　悲しき兵隊（火野葦平戦争文学選第5巻）

2014年8月10日　第1刷発行

定　価　（本体1500円＋税）
著　者　火野葦平
発行人　小西　誠
装　幀　根津進司
発　行　株式会社　社会批評社
東京都中野区大和町1-12-10小西ビル
電話／03-3310-0681　FAX／03-3310-6561
郵便振替／00160-0-161276

URL　http://www.maroon.dti.ne.jp/shakai/
Email　shakai@mail3.alpha-net.ne.jp
印　刷　シナノ書籍印刷株式会社